黄大仙传说

黄大仙传说

总主编 金兴盛

浙江省非物质文化遗产代表作丛书

浙江摄影出版社

邱 瑜 孙希如 韩小娟

马晓荣 编著

总 序

中共浙江省省委书记
省人大常委会主任 　夏宝龙

　　非物质文化遗产是人类历史文明的宝贵记忆，是民族精神文化的显著标识，也是人民群众非凡创造力的重要结晶。保护和传承好非物质文化遗产，对于建设中华民族共同的精神家园、继承和弘扬中华民族优秀传统文化、实现人类文明延续具有重要意义。

　　浙江作为华夏文明发祥地之一，人杰地灵，人文荟萃，创造了悠久璀璨的历史文化，既有珍贵的物质文化遗产，也有同样值得珍视的非物质文化遗产。她们博大精深，丰富多彩，形式多样，蔚为壮观，千百年来薪火相传，生生不息。这些非物质文化遗产是浙江源远流长的优秀历史文化的积淀，是浙江人民引以自豪的宝贵文化财富，彰显了浙江地域文化、精神内涵和道德传统，在中华优秀历史文明中熠熠生辉。

　　人民创造非物质文化遗产，非物质文化遗产属于人民。为传承我们的文化血脉，维护共有的精神家园，造福子孙后代，我们有责任进一步保护好、传承好、弘扬好非物质文化遗产。这不仅是一种文化自觉，是对人民文化创造者的尊重，更是我们必须担当和完成好的历史使命。对我省列入国家级非物质文化遗产保护名录的项目一项一册，编纂"浙江省非物质文化遗产代表作丛书"，就是履行保护传承使命的具体实践，功在当代，惠及后世，有利于群众了解过去，以史为鉴，对优秀传统文化更加自珍、自爱、自觉；有利于我们面向未来，砥砺勇气，以自强不息的精神，加快富民强省的步伐。

党的十七届六中全会指出，要建设优秀传统文化传承体系，维护民族文化基本元素，抓好非物质文化遗产保护传承，共同弘扬中华优秀传统文化，建设中华民族共有的精神家园。这为非物质文化遗产保护工作指明了方向。我们要按照"保护为主、抢救第一、合理利用、传承发展"的方针，继续推动浙江非物质文化遗产保护事业，与社会各方共同努力，传承好、弘扬好我省非物质文化遗产，为增强浙江文化软实力、推动浙江文化大发展大繁荣作出贡献！

（本序是夏宝龙同志任浙江省人民政府省长时所作）

前 言

浙江省文化厅厅长 金兴盛

    国务院已先后公布了三批国家级非物质文化遗产名录，我省荣获"三连冠"。国家级非物质文化遗产项目，具有重要的历史、文化、科学价值，具有典型性和代表性，是我们民族文化的基因、民族智慧的象征、民族精神的结晶，是历史文化的活化石，也是人类文化创造力的历史见证和人类文化多样性的生动展现。

    为了保护好我省这些珍贵的文化资源，充分展示其独特的魅力，激发全社会参与"非遗"保护的文化自觉，自2007年始，浙江省文化厅、浙江省财政厅联合组织编撰"浙江省非物质文化遗产代表作丛书"。这套以浙江的国家级非物质文化遗产名录项目为内容的大型丛书，为每个"国遗"项目单独设卷，进行生动而全面的介绍，分期分批编撰出版。这套丛书力求体现知识性、可读性和史料性，兼具学术性。通过这一形式，对我省"国遗"项目进行系统的整理和记录，进行普及和宣传；通过这套丛书，可以对我省入选"国遗"的项目有一个透彻的认识和全面的了解。做好优秀传统文化的宣传推广，为弘扬中华优秀传统文化贡献一份力量，这是我们编撰这套丛书的初衷。

地域的文化差异和历史发展进程中的文化变迁，造就了形形色色、别致多样的非物质文化遗产。譬如穿越时空的水乡社戏，流传不绝的绍剧，声声入情的畲族民歌，活灵活现的平阳木偶戏，奇雄慧黠的永康九狮图，淳朴天然的浦江麦秆剪贴，如玉温润的黄岩翻簧竹雕，情深意长的双林绫绢织造技艺，一唱三叹的四明南词，意境悠远的浙派古琴，唯美清扬的临海词调，轻舞飞扬的青田鱼灯，势如奔雷的余杭滚灯，风情浓郁的畲族三月三，岁月留痕的绍兴石桥营造技艺，等等，这些中华文化符号就在我们身边，可以感知，可以赞美，可以惊叹。这些令人叹为观止的丰厚的文化遗产，经历了漫长的岁月，承载着五千年的历史文明，逐渐沉淀成为中华民族的精神性格和气质中不可替代的文化传统，并且深深地融入中华民族的精神血脉之中，积淀并润泽着当代民众和子孙后代的精神家园。

岁月更迭，物换星移。非物质文化遗产的璀璨绚丽，并不意味着它们会永远存在下去。随着经济全球化趋势的加快，非物质文化遗产的生存环境不断受到威胁，许多非物质文化遗产已经斑驳和脆弱，假如这个传承链在某个环节中断，它们也将随风飘逝。尊重历史，珍爱先人的创造，保护好、继承好、弘扬好人民群众的天才创造，传承和发展祖国的优秀文化传统，在今天显得如此迫切，如此重要，如此有意义。

非物质文化遗产所蕴含着的特有的精神价值、思维方式和创造能力，以一种无形的方式承续着中华文化之魂。浙江共有国家级非物质文化遗产项目187项，成为我国非物质文化遗产体系中不可或缺的重要内容。第一批"国遗"44个项目已全部出书；此次编撰出版的第二批"国遗"85个项目，是对原有工作的一种延续，将于2014年初全部出版；我们已部署第三批"国遗"58个项目的编撰出版工作。这项堪称工程浩大的工作，是我省"非遗"保护事业不断向纵深推进的标识之一，也是我省全面推进"国遗"项目保护的重要举措。出版这套丛书，是延续浙江历史人文脉络、推进文化强省建设的需要，也是建设社会主义核心价值体系的需要。

在浙江省委、省政府的高度重视下,我省坚持依法保护和科学保护,长远规划、分步实施,点面结合、讲求实效。以国家级项目保护为重点,以濒危项目保护为优先,以代表性传承人保护为核心,以文化传承发展为目标,采取有力措施,使非物质文化遗产在全社会得到确认、尊重和弘扬。由政府主导的这项宏伟事业,特别需要社会各界的携手参与,尤其需要学术理论界的关心与指导,上下同心,各方协力,共同担负起保护"非遗"的崇高责任。我省"非遗"事业蓬勃开展,呈现出一派兴旺的景象。

"非遗"事业已十年。十年追梦,十年变化,我们从一点一滴做起,一步一个脚印地前行。我省在不断推进"非遗"保护的进程中,守护着历史的光辉。未来十年"非遗"前行路,我们将坚守历史和时代赋予我们的光荣而艰巨的使命,再坚持,再努力,为促进"两富"现代化浙江建设,建设文化强省,续写中华文明的灿烂篇章作出积极贡献!

2013年11月20日

目录

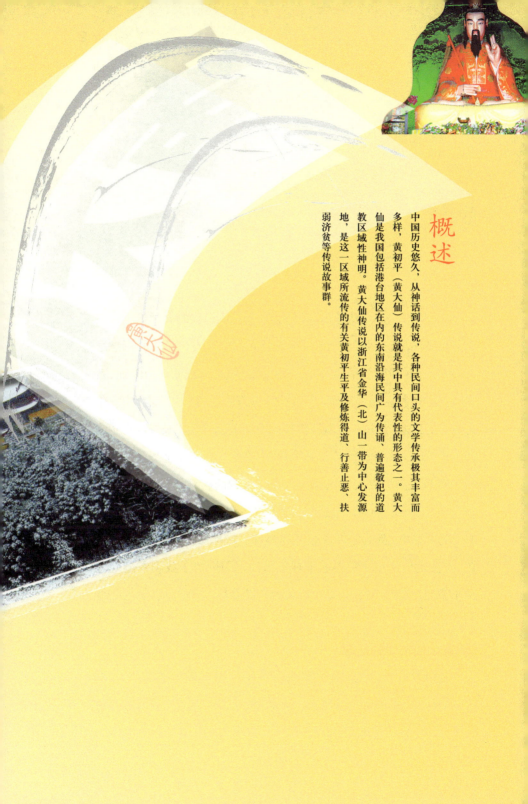

概述

中国历史悠久，从神话到传说，各种民间口头的文学传承极其丰富而多样，黄初平（黄大仙）传说就是其中具有代表性的形态之一。黄大仙是我国包括港台地区在内的东南沿海民间广为传诵、普遍敬祀的道教区域性神明。黄大仙传说以浙江省金华（北）山一带为中心发源地，是这一区域所流传的有关黄初平生平及修炼得道、行善止恶、扶弱济贫等等传说故事群。

概述

　　中国历史悠久，从神话到传说，各种民间口头的文学传承极其丰富而多样，黄初平（黄大仙）传说就是其中具有代表性的形态之一。黄大仙是我国包括港台地区在内的东南沿海民间广为传诵、普遍敬祀的道教区域性神明。黄大仙传说以浙江省金华（北）山一带为中心发源地，是这一区域所流传的有关黄初平生平及修炼得道、行善止恶、扶弱济贫等传说故事群。同时，还融入了金华北山的自然地理风貌与历史人文景观作为传说来源的客观凭借，在增加传说内容可信度的同时，也使民众对传说更为喜爱。在一千六百多年的历史传承中，黄大仙传说始终与信仰、文化、民众生活紧密结合在一起，而传说中所推崇的主神黄大仙也因远播于我国香港地区及东南亚、美洲、欧洲、澳洲而成为在世界华人中最具影响力的尊神之一。

[壹]黄大仙传说的起源

　　钟敬文先生将民间传说的概念定义为："劳动人民创作的，与一定的历史人物、历史事件和地方古迹、自然风物、社会习俗有关的故事，主要是通过某种历史素材来表现人民群众对历史事件的理解、看法和感情。"[1]由此可见，黄大仙传说的产生是民众在政治格局、传统文化观念的共同作用下对当时社会思想和情感的集中反映。

黄大仙的原型最初被记载在东晋葛洪《神仙传》中，此时尚称为皇初平。"皇"与"黄"在金华方言中发音相同，因此，文人学者在依据野叟故老的口述将黄大仙传说诉诸笔端的过程中极可能出现文字上的误差，而之后各典籍所记录的黄大仙姓名出现了皇初平到

黄初平的变化大概就是这个原因。在文中，关于黄大仙生平及其叱石成羊的法术已有相当完整的叙述，特别是通过富有传奇色彩的故事情节，能明显感觉到传说于此间留下的痕迹。其实，典籍与民间传说二者存在着一种交错互动的关联，当传说的中心故事由于民众的口耳相

赤松黄大仙神像

[1] 钟敬文，《民间文学史》，上海文艺出版社，1980年，第2页。

传在一定的区域范围内形成较大的影响，极可能被一些采风的文人作为趣闻逸事有意识地收录于册，从而突破时间与地域的界限，将传说以更为正统与权威的方式展示给世人。这也就意味着传说被典籍收录的时间必然晚于传说本身产生的时间。虽然我们无法确知流传于民间的黄大仙传说何时被《神仙传》载入，但根据对该书作者身世的推算，倒也能大致界定出该传说产生的朝代，从而对黄大仙传说起源的社会背景有所认知。

《神仙传》作者葛洪，字稚川，号抱朴子，约生于284年，卒于364年，东晋道士、道教理论家、医学家和炼丹家，丹阳句容（在今江苏省）人。葛洪从小就喜好神仙导引之术，曾随从祖葛玄之弟子郑隐学炼丹术。《晋书》卷七二有《葛洪传》，言其生平，其去世之态，也如传说[1]。据此可以断定，黄大仙传说至少在364年葛洪去世之前已经流传于世，距今已有一千六百多年的历史。而依据传说学所言，一般的传说从产生到被记录，总有一个相对较长的时间，也就是说，黄大仙传说的历史甚至可能在葛洪出生前就已经在民间流传了。因此，学界将黄大仙传说产生的时间判定为汉末魏晋之年是符合之前的论断的。

在中国历史上，汉末以来即是近百年的战乱与频繁的政权更

---

[1] 葛洪"兀然若睡而卒……时年八十一。视其颜色如生，体亦柔软。举尸入棺，甚轻，如空衣，世以为尸解得仙云"。见《晋书·葛洪传》卷七二。

迭,社会残破、江河日下、民生凋敝,加上统治阶层骄奢淫逸、贪污腐败的政治风气未减,又逢各种灾害瘟疫频发,导致百姓的生活极其悲苦,常年流离失所,衣不蔽体、食不裹腹,民间怨声载道。黑暗、动荡的社会现实致使人们感觉到面对命运时的无助,在此种生命悲剧的自我意识的笼罩之下,人们不得不竭力寻求一条能够借以暂时摆脱生命短促与尘世束缚悲感的精神之路。

同时,这一时期也恰是神仙信仰兴盛的阶段。秦、汉二朝对神仙方术的狂热追求之风方兴未艾[1],及至西晋皇族南迁后,无力收复失土、统一中原的王朝统治者也只能偏安一隅,除了寄情于山水之外,唯有大力推崇梦幻般的神仙世界来获取心灵安慰与精神寄托,神仙信仰也由此在民间兴盛一时。在面对如此重大的社会变乱之际,饱受动荡之苦的人们自然希望能假借道家神仙超越凡人的特异性来消除世间万厄,挽救苍生于水火,帮助他们早日摆脱困苦的境地。而且,仙话这一以宣扬神仙思想为目的的体裁伴随着神仙信仰声势的扩大和道教的推动,也在魏晋时期走向了繁荣,仙话中所塑造的理想神仙世界是对残酷现实社会的一种补偿与超越,特别是初期济世仙话为民治病、拯救灾难的主题更是符合这一时期人们希望得到神灵庇护的心理,它的创作与传播增加了民众对

---

[1] 郑土有,《黄大仙在中国神仙信仰史上的地位》,《丹溪风情》,浙江大学出版社,1995年8月,第50页。

神仙之说的笃信与向往，也让更多的下层平民参与到神仙题材的再创作中来，精心塑造出心中期望的神仙形象。在此种社会背景之下，黄初平这位普济劝善、造福百姓的道家仙者就在民众的期待中应运而生了。

传说中心起源地浙江金华位于浙江省中东部，而黄大仙当年修炼得道之所在大多数典籍以及诗文中称"金华山"或称"长山"。据相关考证："长山又名金华山，是以山名县，后改为金华县，实际上仍以山名县，不过改为更通俗的称谓而已。"[1]同时，《太平御览》、《郡国志》、历代地方志以及金华山众多黄初平相关的遗迹都能证明典籍及诗文中记载的金华山或曰长山即为金华北山。北山位于金华市城北15公里处，山脉绵延向西至兰溪境内。唐代杜光庭在《洞天福地》中将"金华山洞"称作"金华洞元天"，列为我国道教第三十六洞天所在地，据说还曾是石真道人修行得道之处。金华北山林木参天，清泉潺潺，洞穴四布，云霞障漫，实乃钟灵毓秀之圣地。《太平寰宇记》曾载，远古神农时的雨师赤松子当年就是在金华山以火自焚后羽化成仙。山不在高，有仙则灵。赤松子与金华山之间的渊源为赤松子降临晋朝民间传道于黄初平的传说产生提供了极大的可能性。同时，道教中道法延续观念也赋予了该传说产生的必然。以得道仙家的指引、授道来保证道法的长存，这在其他神仙人

[1] 陈华文，《黄大仙研究》，《丹溪风情》，浙江大学出版社，1995年，第57页。

物的传说中也时有出现。

这一时期,"民众对人间仙境比两汉时更为迷恋。因为时代动荡不安,百姓纷纷逃向人迹罕至地带,或深山老林或湖泊密布的水域,以避战祸。人们幻想在这些地方能遇上神仙,给他们带来好运,或许既能当上长生不死的神仙,又能得到一个姿色美妙的仙女为妻"[1]。在这种社会境遇、神仙信仰以及地理环境的共同作用下,黄大仙传说产生并迅速在中心起源地金华之外的区域广泛流传。

黄大仙,俗名皇初平,又名黄初平,世人尊称为"黄大仙",浙江金华兰溪城北郊黄湓村人。当地如今尚留有仙瓶、二仙井、神仙脚印、仙路、仙洲等与黄大仙相关的遗迹。黄大仙祖上皆为德行高尚之人,但却宁愿流连山野之间也不愿入朝为官。传至黄大仙的父亲刚好是第九代,因其常年以乞讨为生,所以人称"黄九丐"。尽管家境贫寒,生活拮据,但是黄九丐为人和善,宅心仁厚。此时的社会恰是秩序混乱、歪风邪气盛行之时,玉帝有感于此,特派遣绿毛仙龟下凡,择良善人家赐予仙胎,也好教化世人重塑良好风尚。来到金华北山双龙地界的绿毛仙龟对在当地享有盛誉的善人梁伯义与黄九丐展开一系列的试探与比较后,确定黄九丐为真善人,最终决定将仙胎赠予黄九丐之妻。

---

[1] 郑土有,《中国的神仙与神仙信仰》,陕西教育出版社,1991年,第142页。

晋成帝咸和三年（328年）农历八月十三日，黄氏生次子，名为黄初平。而在此之前的明帝太宁三年（325年）农历四月八日，黄氏已经生了长子，名为黄初起。后来兄弟俩皆修炼得道，一起在大赤山成仙，分别被民间尊奉为"大皇君"与"小皇君"。南宋孝宗淳熙十六年（1189年），宋孝宗因二君在道教中的重要地位以及民众中所形成的庞大信仰圈，特敕封大君为"冲应真人"，小君为"养素真人"。南宋理宗景定三年（1262年），宋理宗加封大君为"冲应净感真人"，小君为"养素净正真人"。现今的二仙祠内所供主神即为二君，此乃后话。

　　黄初平生而天赋异秉，俊拔秀耸，骨骼清奇。他八岁时就帮助家里放羊来减轻家庭负担，虽然十分辛苦却也自得其乐。尽管年纪尚幼，但此时的黄初平就已充分表现出了惊人的智慧和过人的胆识。一日，初平正与伙伴们在山坡上牧羊，忽见一只猛虎狂啸着蹿到他们面前。在此危急关头，黄初平果断引虎救人，一边高喊伙伴先逃走，一边手挥羊鞭与饿虎搏斗，最终凭借机智和勇敢使人与羊安然无恙。从此，黄初平这个名字伴随着他有勇有谋的英雄行为在当地流传开来。之后，黄初平崭露头角。他在牧羊之余读书识字，天资聪颖而又刻苦勤学的黄初平十几岁就能赋诗作联，文理精通，时常义务帮助乡人做些代写斗方等力所能及的事。同时，黄初平心地善良且有侠义心肠，常常不畏权贵，勇于仗义执言，对欺压贫苦百姓的恶人更是严惩不贷，为乡亲们做了很多大快人心的好事。

　　黄初平十五岁那年，一日，他正把羊群往山中赶，遇到一位仙风道骨的老者。老者在经过一番试探后，认定黄初平确实是个一心向善、温良恭谨之人，便决心度化黄初平诚心修道，也好传承他的道法。这位老者不是别人，正是大名鼎鼎的赤松子。赤松子，号左圣南极南岳真人、左仙太虚真人，在神农和高辛氏统治时期执掌耕云播雨的职能。据《淮南子·齐俗》记载，赤松子曾服食水玉（《山海经·南山经》注中说此水玉即水精，也就是现在的水晶，也有称"冰玉散"）来祛除病痛、延年益寿，还拥有跳入火中依旧毫发不伤的神力。就这样，在赤松子的指引下，黄初平顾不上告知家人，赶着羊群随同赤松子一道前往金华山的石室中潜心修炼去了。而家中的父母对此毫不知情，牵肠挂肚的他们只能派大儿子黄初起四处苦苦打探着生死未卜的初平的下落。

　　这一晃就是四十余年过去了。这一天，黄初起来到闹市中，听闻有个道士善于占卜易卦，就向他询问弟弟黄初平的消息，不知道他生死状况如何。道士告诉他，之前在金华山曾遇到一个放羊的牧童，名为黄初平，应该是他的弟弟无疑。黄初起既兴奋又忐忑，立刻尾随道士前往金华山，果然见到了几十年未曾谋面的黄初平。虽然过了四十多年，但黄初平的面容装扮丝毫没有发生改变，仍是十五岁失踪时的样子。兄弟二人相见甚欢，有说不尽的情义，道不

尽的悲喜。语毕，初起环顾四周，不见羊群，好奇地问初平将家中的
羊安置于何处，初平笑着说就在山的东边。黄初起起身来到东山，
只见山间树丛中间杂错落着一块块雪白的石头，然而并没有羊的

云雾缭绕中的赤松黄大仙祖宫

踪影。满腹狐疑的初起回转来问弟弟，于是，黄初平就陪同初起一道前往查看羊群的情况。到了东山，初平舞起羊鞭吆喝了一声："羊起！"但见满山的白石都随声而立，变成上万只活蹦乱跳的羊。一直站在弟弟身旁的黄初起亲眼见识了如此高深的道术，一时钦羡不已，他即刻向初平表明了一同学道的愿望。在获得准许后，初起抛弃一切尘念隐于金华山中，跟着初平一起诵经学道。自此，兄弟二人一起食用松脂、茯苓，在石室中共待了五千日，修炼成坐着凭空消失，走在太阳底下却不见影子的道术，最终一人骑鹿、一人驾鹤，在大黄山双双飞升了。成仙后的黄初平一直不忘借助法术除暴安良、济贫助弱、治病解难，其济世为民的行为造福了一方百姓。百姓深感其德，于是在赤松山上建了赤松宫，将黄大仙兄弟以及师父赤松子一并供奉在案。该道观从晋代以来一直香火旺盛，很多人慕名前来顶礼膜拜。

[贰]黄大仙传说的流传

关于黄大仙的生平以及所作所为，主要记载于晋葛洪《神仙传》、南朝宋郑缉之《东阳记》、唐代孟松年《仙苑编珠》、宋代倪守约《赤松山志》、宋代乐史《太平寰宇记》、明吴器之《婺书》，以及清雍正《浙江通志》、康熙《金华府志》、光绪《兰溪县志》等典籍和地方志之中，而更有不计其数的黄大仙传说散布在民间，人们凭着记忆，通过口耳相传的方式代代传承至今。

典籍虽不是民间传说发端的源头，却能够通过文字记录的形式将不同时期的传说内容固态化与稳定化，从而将黄大仙传说长久以来的变化大体保存了下来，它也是现今研究者探知传说早期形态的唯一途径。

1. 晋葛洪撰《神仙传》中的皇初平[1]。

《神仙传》曰："皇初平者，丹溪人也。年十五，家使牧羊。有道士见其良谨，便至金华山石室中。四十余年，不复念家。其兄初起，行山寻索初平，历年不得。后见市中有一道士，初起召问之曰：'吾有弟名初平，因令牧羊，失之四十余年，莫知死生所在，愿道君为占之。'道士曰：'金华山中有一牧羊儿，姓皇，字初平，是卿弟非疑。'初起闻之，即随道士去，求弟遂得，相见悲喜。语毕，问初平羊何在，曰：'近在山东耳。'初起往视之，不见，但见白石而还，谓初平曰：'山东无羊也。'初平曰：'羊在耳，兄但自不见之。'初平与初起俱往看之。初平乃叱曰：'羊起。'于是白石皆变为羊数万头。初起曰：'弟独得仙道如此，吾可学乎？'初平曰：'唯好道，便可得之耳。'初起便弃妻子留住，就初平学。共服松脂、茯苓，至五百岁，能坐在立亡，行于日中无影，而有童子之色。后乃俱还乡里，亲族死终略尽，乃复还去。初平改字为赤松子，初起改字为鲁班。其后服此药得仙者数十人。"

---

[1] 兰溪市黄大仙研究会编，《黄大仙资料选编》，1994年4月，第1页。

东晋葛洪《神仙传》对黄大仙传说的收录不仅证明了黄大仙的传说在晋代就已经存在，而且让后人也详知了黄大仙传说传承到此期间故事结构的形成情况。

2. 宋道士倪守约撰《赤松山志》中的"二皇君"条[1]。

葛洪之后，对黄大仙传说的文献记载没有发生太大变化，至宋代金华山道士倪守约所撰的《赤松山志》中"二皇君"条，内容才变得更为详尽："丹溪皇氏，婺之隐姓也。皇氏显于东晋，上祖皆隐德不仕。明帝太宁三年（325年）四月八日皇氏生长子，讳初起，是为大皇君。成帝咸和三年（328年）八月十三日生次子，讳初平，是为小皇君。二君生而颖悟，俊拔秀耸有异相。小君年十五，家使牧羊。遇一道士，爱其良谨，引入于金华山之石室，盖赤松子幻相引之。小君即炼质其中，绝弃世尘，追求象罔。且谓朱髓之诀，指掌而可明；上帝之庭，鞠躬而自致。积善累功，逾四十稔。大君念小君之不返，巡历山水，寻觅踪迹而不得见。后遇一道士，善卜，就占之。道士曰：'金华山中有牧羊儿，非卿弟耶？'遂同至石室，此亦赤松子幻相而引之。兄弟相见，且悲且喜。大君问曰：'羊何在？'小君曰：'近在山东。'及大君往视，了无所见，唯见白石无数。还谓小君曰：'无羊。'小君曰：'羊在耳，但兄自不见。'便俱往山东。小君言叱叱，于是白石皆起，成羊数万头，今卧羊山即是其所。大君曰：

---

[1] 兰溪市黄大仙研究会编，《黄大仙资料选集》，1994年4月，第2页。

'我弟得神道如此,吾可学不?'小君曰:'唯好道,便得。'大君便弃妻儿,留就小君,共服松脂、茯苓。至五千日,能坐在立亡,日中无影,有童子之色。修道既成,还乡省亲,则故老皆无在者。今石室之下有洞焉,盖二君深隐之秘宫也。二君以服脂苓方教授弟子南伯逢等,其后传授又数十人得仙。《神仙传》曰:二君得道之后,大君号鲁班,小君号赤松子。此盖二君不炫名惊世,故诡姓遁身以求不显,此乃祖述赤松子称黄石公之遗意也。二君道备于松山绝顶,为炼丹计,丹成,大君则鹿骑,小君则鹤驾,乘云上升,今大赟山即是也。二君既仙,同邦之人相与谋而置栖神之所,遂建赤松宫,偕其师赤松子而奉祀焉,召学其道者而主之。自晋而我朝,香火绵滋,敬奉之心,未有涯也。"

3. 元《历世真仙体道通鉴》中的皇初平[1]。

浮云山圣寿万年宫道士赵道一编修《历世真仙体道通鉴》曰:"皇初平,丹溪人,一云兰溪人。年十五家使牧羊,有道士见其良谨,将至金华山石室中,四十余年修然,不复念家。其兄初起寻索初平,历年不得。后见市中有一道士善易,而问之曰:'吾弟牧羊失之四十余年,不知存亡之在,愿君与占之。'道士曰:'昔见金华山中有一皇初平,非君弟乎?'初起闻之惊喜,即随道士去。求弟果得,相见悲喜。语毕问初平曰:'牧羊何在?'答曰:'近在山东。'初起往

[1] 兰溪市黄大仙研究会编,《黄大仙资料选集》,1994年4月,第2页。

视之，杳无所见，但有白石磊磊。复谓弟曰：'山东无羊也。'初平曰：'羊在耳，兄自不见之。'兄与初平偕往寻之，初平言叱叱：'羊起。'于是白石皆起，成羊数万头。兄曰：'我弟独得仙道如此，可学否？'弟曰：'唯唯好道则得尔。'初起于是便舍妻子，留就初平，共服松脂、茯苓，至五万日，能坐在立亡，日中无影，颜有童子之色。乃俱还乡里，亲戚死方略尽。乃复还去，临行以方教南伯逢。易姓为赤松子也，初起改字为鲁班，初平改字为赤松子。此后服此仙药者有数十人。金华山今属婺州，见有石羊存焉，一云荼陵云阳山。黄初平号赤松子，治南岳之阳，即此地有松高万丈。"

从这个文本可以明显看出是沿袭了晋葛洪的版本，但语言更加简练，符合当时的表达习惯。同时，黄大仙修行的地名也更详尽化，由不可考的"丹溪"变成金华兰溪，与地方风物相结合，使故事更为可信。

4. 明吴器之撰《婺书》中的皇初平[1]。

《婺书》曰："晋皇初平，兰溪人。幼牧羊，忽失之四十余年矣。一日，兄初起者之市，见一道士言初平在金华山石室中，走索之，推髻犀齿，犹故时容，警扣之曰：'尔何为？'曰：'故牧羊身。''羊安在？'曰：'在山东。'试往，但见白石磊磊，以为诞。初平叱之，石皆起成羊，齕饮万态。初起大骇，下拜，师事之。绝粒，服松脂、茯苓，

---

[1] 转引自兰溪市黄大仙研究会，《黄大仙资料选编》，1994年4月，第5页。

在赤日中无影，遂俱仙去。其号赤松涧。相传神农雨师游此，以火自焚，其松尽赤。初平得道，因取以自号云。山腹为观，观傍古松百余，丹井出焉。熙宁中，道士旦食，忽见松间群鸡皆振羽鸣，异而迹之，有物如弹丸，光焯如电欲流，忽掬而置之衺，俄顷，指臂如灼火，大诧。谓此必丹也……万历中，光注兰溪境者半岁，俄而赵文懿大拜。

赞曰：缑苓紫笙，函关青凹。既资丽情，亦畅玄旨。服食不误，乃尊松子。桑海可移，兹山恒峙。"

明代的这个文本，极大地简化了黄大仙的成仙细节，反而添加了后来的名号、修仙地显圣等情节。究其原因，主要是黄大仙的仙人地位在此时已经根深蒂固，人们（特别是道士）更关注的是仙境和

祖宫中神奇的天音祭坛

如何才能成仙。

5. 清雍正《浙江通志》卷二〇〇《仙释》中的黄初平[1]。

《仙释》曰："黄初平,兰溪人。年十五,家使牧羊。有道士见其良谨,将至金华山石室中。四十余年修然,不复念家。其兄初起行索初平,历年不得。后见市中有一道士,善易。问之曰:'吾弟牧羊,失之四十余年,不知存亡所在,愿君占之。'道士曰:'昔见金华山中有一黄初平,非君弟乎?'初起闻之警喜,即随道士去,求弟果得,相见悲喜。语毕,问初平曰:'牧羊何在?'答曰:'在山东。'初起往视之,杳无所见,但见白石磊磊。曰:'山东羊也?'初平曰:'羊在耳,兄自不见。'初平叱羊起,于是白石皆起,成羊数万头。兄曰:'我弟独得仙道如此,可学否?'弟曰:'好道便得学耳。'初起于是舍妻子,留就初平,服松脂、茯苓。至五万日,日中无影,颜如童子。乃俱还乡里,亲戚略尽。乃复去,临行以方教南伯逢。初平改字为赤松子,初起改字为鲁班。"

清雍正年间的这个文本与晋葛洪的范本基本没有什么变化,稍有不同的是之前版本中的"皇初平"改为"黄初平"。

6. 清康熙《金华府志》卷二十二《仙释》中的皇初平[2]。

《仙释》曰："晋,皇初平,兰溪人。牧羊遇道士,将至金华山石

---

[1] 兰溪市黄大仙研究会,《黄大仙资料选编》,1994年4月,第6页。

[2] 兰溪市黄大仙研究会,《黄大仙资料选编》,1994年4月,第8页。

室中。兄初起寻之四十余年，一日逢道士，引入山相见。问羊安在，初平曰：'在山东。'初起视之，但见白石。初平叱之，石皆成羊。初起遂绝粒，服松脂、茯苓，亦得仙。后还乡，其族尽亡，乃复去。初平别名赤松子云。"

这是黄大仙传说最简略的版本，全文只保留了叱石成羊和兄弟皆成仙的母题。

7. 清光绪《兰溪县志》卷五《方外》中的黄初平[1]。

《方外》曰："黄初平，邑之黄湓人。年十五，家使牧羊。遇道士，爱其良谨，携至金华山石室中四十余年。兄初起索初平，历年不得见。后见市中有一道士，善易。问之曰：'吾弟牧羊，失之四十余年，不知存亡所在，愿君占之。'道士曰：'昔见金华山中有一黄初平，非君弟乎？'初起闻之，惊喜，即随道士去求弟，果得相见。推髻犀齿，犹故时容。问羊安在，初平曰：'在山之东。'初起视之，但见白石以为诞。初平叱之，石皆起，成羊数万头。初起遂弃妻孥，服松柏、茯苓。至万日，在赤日中无影，亦成仙。乃俱还乡里，亲戚尽亡，复去。初起改号为鲁班，初平改号为赤松子。前志吴礼部云：皇初平自号赤松子，见《神仙传》，非神农时雨师及张子房欲从之游者。今传记、题咏往往误以为一人。今后人名其飞升之所曰'赤松涧'；筑祠祀之，曰'赤松宫'。"

---

[1] 兰溪市黄大仙研究会，《黄大仙资料选编》，1994年4月，第8页。

　　清光绪年间的这个文本内容和之前的差不多，仅有的不同只在于该文本后面附录了对黄大仙名号的注释。

　　"传说的要点，在于有人相信；另一个无可争议的特点，是随着时间的演进，相信它的人就越来越少。"[1]受历史变革、信仰衰退等因素的干扰，民众在时间和空间上距离黄大仙传说产生的中心源越远，对传说的处理态度也就越显冷淡，但典籍记载系统的权威性可以有效地缓解传说受众在聆听过程中对传说可信度的置疑。

　　传说在滋长的过程中，总是无可避免地会被各个时期的时势状况所波及，从而就传说的局部内容作出相应调整。尽管典籍中收录的黄大仙传说数量有限，远未能将当朝民间流传的各种类型的故事囊括其中。但典籍记载系统中保存的不同时间段的传说，与同时期流传的其他黄大仙传说相比还是具有一定广度和深度的。它们就如一个个小小的点，将历史中黄大仙传说演变的过程清晰、系统地连成一线。同时，传说的变化并非随意附会、荒诞不经，它是各时代社会风气的集中反映，因此，通过对典籍中传说内容变化的梳理，还可以重新认知导致这些流变产生的各个朝代的民风。

[1] 柳田国男，《传说论》，中国民间文艺出版社，1985年12月，第9页。

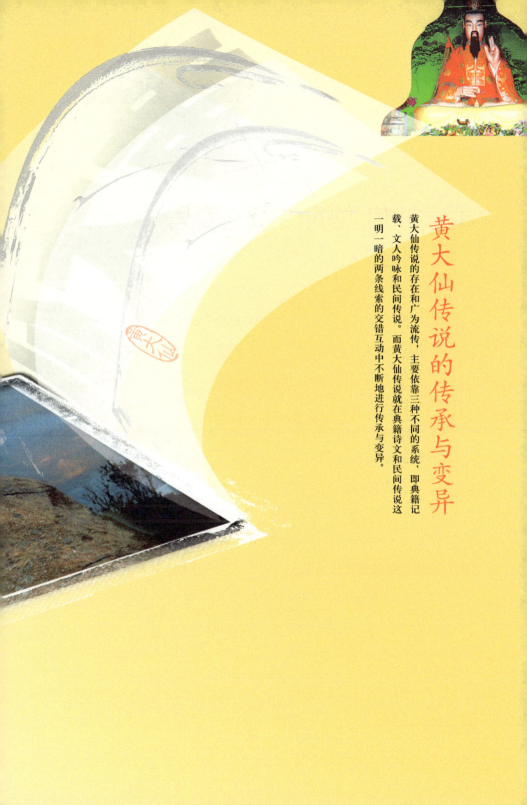

黄大仙传说的传承与变异

黄大仙传说的存在和广为流传，主要依靠三种不同的系统，即典籍记载、文人吟咏和民间传说。而黄大仙传说就在典籍诗文和民间传说这一明一暗的两条线索的交错互动中不断地进行传承与变异。

黄大仙传说的传承与变异

与其他民间传说一样，黄大仙传说的早期形态也是只保存在典籍之中，如晋葛洪《神仙传》、宋倪守约《赤松山志》等。但是，"从传说学的角度，传说人物中心故事的产生、形成必须有一定的时日，只有当它在民众间具有一定的势力和影响，才会被文人学者所采录"[1]，民间的声音只是由于其口头性的局限而被历史文献所淹没，成为与典籍记载交错互动中的一条暗线。

黄大仙传说的存在和广为流传，主要依靠三种不同的系统，即典籍记载、文人吟咏和民间传说。而黄大仙传说就在典籍诗文和民间传说这一明一暗的两条线索的交错互动中不断地进行传承与变异。

[壹]文字记载中的黄大仙传说

1. 典籍记载中的皇（黄）初平修仙故事。

关于黄大仙的传说，最早的记载见于晋葛洪的《神仙传》。这个故事被葛洪记载以后，几乎成了典籍文本的范式，在后来的道教有关典籍以及地方志中，被完整地沿袭了下来。然而，在葛洪将该传说收录之后的很长一段时间内，其他典籍都没有黄大仙传说的相关

[1] 陈华文，《黄大仙研究》，《中国民间文化》，1994年3月。

记录。直到宋初李昉《太平广记》才又重新编入了《皇初平》一文，并于文后注明"出《神仙传》"。与《神仙传》相比，该文除了文字上稍有出入，在内容方面几乎没有什么显著变化。

典籍记载黄大仙传说的最辉煌时代是在宋朝。宋代金华山道士倪守约所撰的《赤松山志》中特列有"二皇君"条。从文本中可以看出，虽然其故事结构依然还是"牧羊—得道—成仙—度化"的模式，但内容则已经更为详尽和历史化。首先，此时的皇初平传说已经与地方性的景观直接相连：除之前在《神仙传》中出现的修行于"金华山石室中"，添加了黄大仙的出生之地"丹溪皇氏，婺之隐姓也"；黄大仙的飞升之地——"丹成，大君则鹿骑，小君则鹤驾，乘云上升，今大贾山即是也"；也指明了人们立祠祭祀的所在——"二君既仙，同邦之人相与谋而置栖神之所，遂建赤松宫，偕其师赤松子而奉祀焉，召学其道者而主之"。其次，在记述中添加了一些人性化的细节，包括"二皇君"出生的具体日期、对"二皇君"的讳称、"二皇君"的相貌描写、修仙过程的细化等内容。这种加注式说明的增加，一方面可能是记载者别出心裁的修饰，另一方面也可能是如实记载黄大仙民间传说在此时的一种存在模式，即民间传说"在地化"的一种表现。在口头讲述中，民众对黄大仙故事的叙述更为详尽，同时也加入很多地方风物以使传说更为可信。

宋代之后，黄大仙的故事形态在典籍记载中开始萎缩和简略化，但另一方面传说的"在地化"特征也更为明显，加入了其他的金华地方文化内容，皇初平的出生地也开始具体化。元代道士赵道一所编的《历世真仙体道通鉴》"皇初平"条说："皇初平，丹溪，一云兰溪人。"在故事的记载中增加了完全可考的出生地——兰溪。丹溪不可考，而兰溪则是浙江金华所辖的一个县级市。金华城所在的北山，绵延向西，正好到达兰溪。这样就形成了一个黄大仙修仙地域的连锁性关系：黄大仙出生于兰溪，修仙于金华山（浙江金华北山），飞升于大蒉山，而这样一条线索是合乎地理逻辑的。这为皇初平的传说大量采入地方性典籍，提供了最为坚实的依据。

　　至明代以后，黄大仙传说的记载进入地方志典籍系统。明代浙江义乌人吴器之《婺书》中收录了《皇初平传》；清雍正年间《浙江通志》卷二〇〇《仙释》中有"晋黄初平"条；清康熙年间《金华府志》则整个缩写了《神仙传》中有关皇初平的内容；清光绪年间《兰溪县志》卷五《方外》中也有"黄初平"条，除转载之前的内容外，还在文本后面附录了后人对黄大仙名号的注释。在这儿，"各种方志，尤其是《金华县志》、《兰溪县志》大加叙录，甚至《金华府志》、《浙江通志》也因之。内容虽不外乎《神仙传》，但时间、地点更为确定。黄大仙已经固化为兰溪黄湓人，完全由仙性人物过渡为民间信仰中的历史人物。"[1]类似的记载，进入方志系统之后，作为地方典籍，在人们的心目中具有了更为崇高的地位，并反过来推动了人们对典籍记载可信度的认同。

典籍记载系统一脉相承的内容和几乎不变的故事结构模式，源自文人道士对于典籍的崇信，也说明他们关于皇初平的知识基本上来源于典籍记载。各个时期内容稍有出入，一是对于典籍复述方面出现的偏差，一是他们同时也在吸纳地方上的有关传说内容，对典籍记载中一些似乎不太可信的内容进行修正。但无论如何，典籍记载系统几乎一贯不变的故事结构模式，为文人吟咏系统的存在提供了坚实的基础。

2. 文人吟咏中的慕仙云游之叹。

葛洪《神仙传》关于皇初平的传说一出，很快获得了文人们的认可，并通过诗歌表达了一种慕仙云游的理想与追求。而通过文人吟咏的内容，可以佐证典籍中的相关记载，一方面强化了黄大仙的成仙故事，另一方面也帮助人们确认了黄大仙的地域传承。

从目前可知的材料来看，南朝齐东阳郡太守沈约的《赤松涧》是最早记述皇初平修仙的诗歌。诗曰："松子排烟去，英灵眇难测。惟有清涧流，潺湲终不息。神丹在滋化，去辔于此陟。愿受金液方，片言生羽翼。渴就华池饮，饥向进霞食。何时当还来，延伫

---

[1] 陈华文，《黄大仙研究》，《中国民间文化》，2004年3月。

青岩侧。"

　　据《梁书·沈约传》所载，沈约于南朝齐隆昌元年（494年）出任宁朔将军、东阳太守。东阳郡三国吴宝鼎元年（266年）分会稽郡置，治所在长山，即今金华，南朝陈天嘉三年（562年）改为金华。显然，沈约所吟咏的《赤松涧》当为金华赤松涧，正是皇初平即民间所传说的黄大仙修炼得道的胜境。诗中所说的"松子"就

皑皑白雪覆盖着的金华山

是皇初平后来所改的名号赤松子，由此印证了典籍中对黄大仙为浙江金华人的记载。

　　唐代著名诗人李白在其长诗《送王屋山人魏万还王屋》中，大量描述了浙江杭州、绍兴、台州、丽水、金华的优美景致，并叙述了许多浙江的历史、典故和传说。其中有八句写到金华："松风和猿声，搜索连洞壑。径出梅花桥，双溪纳归潮。落帆金华岸，赤松若可招。沈约八咏楼，城西孤岧峣。"其中"径出梅花桥，双溪纳归潮"描写的是自然景观。"梅花桥"指金华城东门，即赤松门，俗称"梅花门"，门外江上有桥。而"双溪"则是原称"东港"的东阳江与原称"南港"的武义江在金华城的交汇处[1]。"落帆金华岸，赤松若可招"，写的就是黄大仙的故事。另外，李白的《对酒行》直接点出了"松子栖金华"，即黄大仙的修行地在金华。诗曰："松子栖金华，安期入蓬莱。此人古之仙，羽化竟何在。浮生速流电，倏忽变光彩。天地无凋换，容颜有迁改。对酒不肯饮，含情欲谁待！"李白的《古风五十九首》之十七也抒发了对黄大仙的慕仙之情："金华牧羊儿，乃是紫烟客。我愿从之游，未去发已白。不知繁华子，扰扰何所迫。昆山采琼蕊，可以炼精魄。"李白的不断吟咏，说明了黄大仙传说在唐代已经影响巨大。

---

[1]　《浙江通志》卷十七山川儿引《名胜志》："双溪，在(金华)城南，一曰东港，一曰南港。东港源出东阳县大盆山，经义乌西行人县境……南港源出缙云黄碧山，经永康、武义人县境……故名。"

此外，唐代称咏黄大仙传说的诗歌还有如下几首：

皇初平将入金华山

[唐] 曹　唐

莫道真游烟景赊，潇湘有路入京华。

溪头鹤树春常在，洞口人家日易斜。

一水暗鸣闲绕涧，五云长往不还家。

白羊成队难收拾，吃尽溪边巨胜花。

赤松涧

[唐] 皎　然

缘岸蒙笼出见天，晴沙沥沥水溅溅。

何处羽人长洗药，残花无数逐流泉。

和杨使君游赤松山

[唐] 贯　休

为郡三星无一事，龚黄意外扳乔松。

日边扬历不争路，云外苔藓须留踪。

溪月未落漏滴滴，隼旟已入山重重。

扪萝盖输山屐伴，驻笳不见朝霞浓。

乳猿剧黠挂险树，露木翠脆生诸峰。

初平谢公道非远，黯然物外心相逢。

石羊依稀龁瑶草，桃花仿佛开仙宫。

终当归补吾君衮，好山好水那相容。

秋怀赤松道士

[唐] 贯　休

仙观在云端，相思星斗寒。

常怜呼鹤易，却恨见君难。

石镈青蛇湿，风棍白菌干。

终期花月下，坛上听君弹。

题赤松宫

[唐] 舒道纪[1]

松老赤松原，松间庙宛然。

人皆有兄弟，谁得共神仙。

双鹤冲天去，群羊化石眠。

至今丹井水，香满北山边。

---

[1] 舒道纪，自号华阴子，兰溪人。唐甘露事变中蒙难，入赤松观为道士，与贯休为莫逆之交（兰溪《舒氏宗谱》有记）。

　　这些诗歌有的提到与黄大仙修仙相关的"金华山"、"赤松涧"、"赤松山"等仙境，有的讲述黄大仙修仙的故事，如"服食"、"石羊"等，并表达了诗人的向往之情。

　　自宋代起，有关黄大仙传说的诗歌数量大增，比较有代表性的有：

忆同张子良游北山诸胜

[宋] 方　凤

昔与张公子，翩翩访赤松。

重来逾北纪，独去宿独峰。

古木苍陂映，禅房侧径通。

夕阳千嶂黑，人静一灯红。

羊　石

[宋] 苏　轼

先生养生如牧羊，放之无何有之乡。

止者自止行者行，先生超然坐其旁。

挟策读书羊不亡，化而为石起复僵。

流涎磨牙笑虎狼，先生指呼羊服箱。

牧羊少儿留仙迹

[宋] 李清照

金华山长赤松劲，仙鹤双双入白云。

牧羊少儿留仙迹，清涧潺湲古洞深。

羊 石

[宋] 韩元吉

自笑金华老使君，两仙常约度层云。

驾车尚有双羝在，纵入山中白石群。

巍峨的金华北山

题赤松皇初平祠

[宋] 林季仲

路转溪回草木香，　有人荷笠山之阳。

定知我是金华守，　笑道牧民如牧羊。

羽仗霓旌去不还，　空余菊水落人间。

至今山下无苦旱，　便是田家九转丹。

题宝积观

[宋] 王　柏

二皇不可见，小酌酬清饮。

晚径山林穴，秋香院宇宽。

清泉喷白石，翠竹护朱栏。

满壁先贤句，摩挲仔细看。

赤松宫

[宋] 于　石

几人学道得成仙，　兄弟俱仙世所难。

白石不随秋草烂，　赤松长锁暮烟寒。

月涵古井一泓碧，　云护空中半粒丹。

我欲乘风脱凡骨，　愿随鸡犬事刘安。

卧羊山

[宋] 郑士懿

见羊疑是已叱石，见石翻疑未叱羊。

非石非羊何所见，这些意思难思量。

咏 羊

[宋] 文天祥

长髯主簿有佳名，羵首柔毛似雪明。

牵引驾车如卫阶，叱教起石羡初平。

出都不失成君义，跪乳能知报母情。

千载匈奴多收羊，坚持苦节汉苏卿。

游赤松观

[宋] 范 浚

灵祠丹井余真迹，祠下老松森百尺。

仙子骑鲸去不归，痴人犹问山中石。

游赤松山

[宋] 王 柏

枕石听流梦未安，碧云古祠坐初寒。

夜静鸾鹤群仙过，人在青松月下看。

赤松夜宿

〔宋〕 王　柏

香火悠长仙力重，山川布护妙难控。

诗魂飞绕翠屏中，冷雨疏风时入梦。

游赤松口占

〔宋〕 金履祥

苍虬夹岸几重重，灵液飞流碧涧通。

可是神仙易忘世，人间争得比山中。

　　从上文可以发现，宋代的诗歌主要着眼于两个方面：一方面是黄大仙金华牧羊，另一方面是赤松观仙境遐想。同时，宋代的诗歌除了对传统的黄大仙传说中关于羊石、服食、飞升、炼丹、仙境的吟咏之外，还增加了一个特点，那就是有更多的诗涉及地域景观，明确指出了黄大仙传说的地理范围是在金华北山，并对金华北山相关的仙境大加传诵。文人们在认知《神仙传》等典籍记载内容的同时，通过实地的游览考察以及野叟故老传说故事的讲述，发现了一个比原来的典籍记载内容更加丰富的世界，于是，便通过诗歌加以吟咏,从而大大拓展了典籍中有关皇初平或黄大仙存在的世界的记载。

诗歌中反复提到的赤松宫也叫"赤松观"或"宝积观",是当地百姓在二仙飞升处所建的"栖神之所",宋代时香火旺盛,因此也成为文人吟咏的对象。上文中所列举的诗歌有九篇都是诗人云游到赤松观时写下的感慨。由此可见,无论在典籍中还是在诗歌中,宋代都是黄大仙传说的高峰期。在这一时期,黄大仙传说的内容得到扩充,传说流行的地域得到明确,影响也深入民心。

到元代时,赤松山的祠庙开始荒芜。兰溪人吴师道在《赤松山图》一阙中就发出了这样的感慨:"昔年曾踏山中路,路人桃园正春暮。落花扑面东来风,飞舣绕石流泉去。拂衣起随醉道士,为指皇君牧羊处。山空石化草芊芊,只有荒祠荫高树。神仙之馆多飞楼,铺床对卧楼上头。松声涧响两娱客,终夜鸣琴不肯休。十年多堕黄尘里,乍喜归来山咫尺。开图眼中赤霞起,万峰千峰翠相倚。寄书约我同心子,再曳青鞋从此始。"由元至清,这类吟咏占据了诗歌的绝大多数。诗人在感叹仙人不再、祠荒院芜的同时,一再表示羡慕兄弟二人成仙。明戴良在其《游赤松山》诗的后半阙就这样写道:"忽见山阿人,仿佛平与起。何当乘素烟,相与嚼丹蕊。牧羊事已乖,炼石情徒止。长揖谢荒祠,永愧尔兄弟。"可见在明清之后,诗歌大致也都是在凭吊之情上做文章。典籍记载虽然存在,文人们也认可它,但与之相呼应的自然和人文景观却已经衰落。这种感叹最具代表性的是民国时金华本籍人黄维的诗:"千年古刹白云居,钟鼓尘封历劫余。羊石山前无限感,黄家仙迹近何如?"

诗歌吟咏系统的存在是对典籍记载系统最大程度上的确认,它认同了典籍记载的权威性。且诗歌吟咏系统在两宋之后又大都发自亲历,因此在确认典籍记载系统时也就让人觉得更加真实、更加细致。人们在感知典籍系统存在的同时,也通过诗文吟咏来强化和拓展有关皇初平或黄大仙传说内容真实性的认知,并且这种真实性因与金华山的自然和人文景观紧密结合,在常人看来,就成了一种不容置疑的权威。

[贰]民间口耳相传的黄大仙传说

当我们仔细地审读典籍记载和文人诗歌的内容时,可以发现民间口头传说早已深入其中。因为在他们确认最早的故事结构和文本时,就情不自禁地增加或修饰了后来出现的内容。宋代道士倪守约《赤松山志》中"二皇君"条,明显地表现出了这种倾向。其增加的内容如黄大仙的出生日期,皇初平受到指引的仙人是赤松子的解说等便是明证。至于后来的关于皇初平是兰溪人等内容的出现,则说明民间传说本地化趋势已经渗入到典籍记载系统。在文人的诗文中出现的"赤松涧"、"赤松山"、"羊石"、"丹灶"、"丹井"、"赤松宫"等,便是与典籍记载不同却是在历史发展过程中增加的内容,这些都于有意无意间留下了民间文学影响的痕迹。而这些民间的口头资料就构成了黄大仙传说传承与变异的暗线。虽然是暗线，实际上却是黄大仙传说的主流，潜移默化地影响和左右着典籍和文人诗歌的记载，到后期明线记载衰落的时候依然显示出蓬勃的生命力，不断有新的故事和新的异文产生。这些民间口头文学，由于其口头性和群体性，没办法做到像典籍和文人诗歌那样被保存下来，但它们依旧存活于人们的口耳相传之间，并逐渐融入到百姓的黄大仙信仰系统中去。

到了20世纪80年代中后期，有关黄大仙的民间文学形式得到了蓬勃发展。主要是因为随着改革开放的深入，金华人获知黄大仙在我国香港地区乃至东南亚及西方一些国家的华人当中都有相当大的影响。尤其是香港，明确承认黄大仙源于浙江金华的北山。地方上为了呼应这一事实，开始重视搜集流传于民间的有关黄大仙传说，以便于金华的旅游开发。这一官方的搜集整理活动，使得长期流传于民间的口头文学可以以文字的形式展现在人们的面前。从目前可知的情况来看，各种民间流传的故事非常丰富，主要讲述了下面几方面的内容：

第一，生平事迹的传说。这类传说主要是解释黄大仙不同凡响的前生的一些生平事迹，如《初平出世》、《引虎救人》等。

第二，修炼成仙的传说。这类传说详细讲述了黄大仙修炼及飞升的故事，如《叱石成羊》、《撞石升仙》等。

第三，惩恶助弱、为民造福的传说。这类传说主要讲述了黄大仙造福于一方民众或惩恶扬善的故事，如《仗义取银》、《惩贪官》、《补垒》、《济世治病》、《五仙岩寻药》及《丹水植香黍》等。

对句戏秀才

黄初平自幼勤奋好学，聪明过人。他十几岁时已能赋诗作联，据说当地一个懒秀才偷鸡不成蚀把米，竟被他作的联句搞得灰溜溜逃跑了呢。

有一次，黄初平家中缺柴，母亲叫他上山拾些干柴来烧。正当黄初平背着一捆柴火从山上回家时，村口一个头戴方巾的书生拦住了他。这人名叫赖伯清，是个屡试不中的秀才，整天"之乎者也"咬文嚼字，在乡里卖弄文墨炫耀自己。但人们都说他是红萝卜屙屎——没啥变化的人。因此，赖秀才恼羞成怒，经常耍无懒做些强词夺理、不得人心的事，乡亲们称他"懒秀才"。

懒秀才好吃懒做，靠给人写对联、写契约等糊口。一次他给一个姓胡的农人扁担上写姓名，结果心中想着酒，把"胡"字写成了"壶"。农人说写错了，应该是古月胡，他却说："古月胡是胡，酒壶也是壶，只要是"壶"都一样。"弄得农人哭笑不得。他倒还厚着脸皮收取了二钱银子。

懒秀才听说赤松的黄初平很了不起，顿生妒意。心想：不趁早治住黄初平，说不定将来会夺走我的饭碗呢！于是，他决定给黄初平来个下马威，这天他就是特意找上门来准备在黄初平头上捡便宜的。

懒秀才见黄初平背着一大捆柴，满头大汗地走来，故作谦和地说："你就是黄初平吧？"黄初平点点头。

"呵呵，看你满头是汗，快把柴放下歇息一会儿，以免累坏！"

"我娘还等着我的柴烧晚饭呢。"

"咳！没关系，没关系。俗话说'夜饭夜夜有，生在半夜后'嘛，放下歇歇，放下歇歇。"

懒秀才边说边硬把初平肩上的柴卸了下来。

"先生，你有事吗？"初平有些不耐烦地问。

"哦，听说你很有些才华，我很想与你交流交流，交个忘年文

黄大仙祖宫

友也好嘛!"

"先生的来意是?"

"喏,我出个上联,你对个下联,就算交流了嘛。"

"我……"

"我什么?"

"我……我萤火之光,岂敢与先生的皓月光华相比?"

"别谦虚。请听我的上联:'此木为柴山山出'。"懒秀才指着黄初平所拾的那捆柴朗声念道。

黄初平听后心里一个咯噔。心想:这上联就地取材,来得自然不造作,且内中拆字为句,暗合"柴出"二字,若要工整对之实属不易。于是,他挠着头皮愣了愣……

"哈哈哈,对不出不要勉强,叫我一声'先生'就完事了。"懒秀才得意洋洋地说。

此时正值傍晚,山村晚炊青烟袅袅,初平触景生情,对懒秀才道:"因火成烟夕夕多。"说毕,背起柴火就走。

懒秀才一听初平对的下联既工整又自然,心中很是佩服。但转而一想,觉得就这样回去,既便宜了黄初平,又没有达到自己的目的,于是急忙撩起长布衫追去。

初平是个极懂事的小孩,为了晚上能在被窝里看书,把柴一背到家里,就拿着一大一小两只瓶去捉萤火虫。

这时，懒秀才也跟到了村头。

初平见懒秀才还缠着他不放，心里老大不耐烦，于是把小瓶往大瓶中一装，拔腿就走。秀才连忙说："哎——慢着。黄初平呀，你刚才这举动又给了我一副绝妙的上联，你听着：'小瓶是个瓶，大瓶也是瓶，小瓶装大瓶，两瓶并一瓶。'怎么样？你能对下联吗？"

黄初平本来就不耐烦，见懒秀才还要卖弄文墨，真个是气不打一处来，于是毫不客气地对道："秀才是个材，棺材也是材。秀才装棺材，两材并一材。"

懒秀才听后大怒，心想：你黄初平小小年纪，竟敢如此放肆，到我秀才头上捡便宜！你少年老成，必先早死！于是咬牙切齿地说："好！对得好！请你再对一联！"说毕，连珠炮般地狂喊道："花开花落，花落花开。开开落落，落落开开。先开先落，先落先开！"

初平一听，毫不犹豫地来了个以牙还牙："人生人死，人死人生。生生死死，死死生生。先生先死，先死先生！"说到"先生先死"时，黄初平还特意用手指着懒秀才的鼻子，加重了语气。

懒秀才听后，气得七窍生烟，差点晕倒。只得青着脸落荒而逃。

滚石除蟒

却说在峭壁突兀，乱石叠生的白水斗涧旁，盘踞着一条硕大的黑蟒。这条巨蟒卧于一座马鞍形山的凹处，面东而卧，吸日月精华，得山水灵秀，闻花木芳馨，天长日久，这畜生竟能变化人形祸害乡民。

这年将近端阳，一群穿红着绿的山村姑娘，到白水斗涧旁去采摘粽箬，蟒精见了不禁欲火暗燃。它变成砍柴樵夫，隐于一旁窥探。见其中一个叫秀兰的姑娘生得俊俏，心里便打她的坏主意。等姑娘下山时，它就暗暗尾随秀兰，一路跟踪而来，直到秀兰进了离白水斗五里的台盘村，方才止步。

且说黄初平为了精修道行，不恋儿女私情，忍痛斩断了笙儿对他的万缕情丝，慨然离却赤松村，欲去老道指点的大黄山石室栖身。他听师父说，优游洞有位紫金道人，道行颇深，余暇时可去拜访。经打听，初平已知优游洞离此不远，故而取道直往白水斗下的优游洞行来。这日午牌时分，初平来到了台盘村。但见秧田中稻苗长有尺余，披靡有如毛草，水田中空有白水一片。初平自语道："别处稻田已耘头遍，此处为何秧苗过膝而未插？莫非山田季节该迟些不成？"当他进了村子，映入眼帘的景象令他不由得吃了一惊。只见满村老幼尽皆躬背捧腹喊痛不止，有的在地上打滚，有的在房中呻吟，个个被病痛折磨得脸青唇白，额头冒汗。初平惊愕不已，便关切地问一位老者道："请问前辈，你村放着尺余长的稻秧不插，为何却在家中哭喊？"老者见是一位眉清目秀的小道长，便强抑痛楚说道："小道长有所不知，我们庄稼人岂不知农时不可误。如今人人患疾，腹痛难当，如何下田插秧？""此疾因何而得？"老者道："半月前来了个黑衣怪僧，说是我台盘村压住了白水斗山的龙脉，恼了山神，要我们送一美貌姑娘去方能赎罪。若不将美貌女子送去，三天之内，要灭我台盘村老幼。怪僧择遍村中姑娘，非要我家秀兰不可。老汉我不忍心，到了第三天，村民们就腹痛不止了。"老者的妻子哽咽着插言道："小道长啊！秀兰若不送去，眼看连累全村；若果真送去，我俩就这块心头肉，怎么舍得啊！你……你得想个办法救救我们啊！"初平听毕二老哭诉，知道其中必有蹊跷，便暗下决心，定要救护一村生灵，揭开怪僧隐秘。

他给老者看了看病，见老者嘴唇发青，肌肉抽搐，指甲发黑，已知此病系肠胃中毒所致。仔细一想：若不是水源有毒，断不致全村人一日得病。于是，他向老者借了个碗，去村前涧边查看。他舀了一碗水，只见碗中之水时有细泡泛起，再仔细看，水中微隐褐色。他端碗水回村来，就老者家中取些冷饭拌了。这时，正巧一只花猫跑来，那花猫吃了数口冷饭，突然翻到地上打滚，随之便若婴儿啼哭般地叫个不停。初平忙拔了一把半枝莲捣烂绞汁给花猫灌下，须臾工夫，花猫吐出一口毒水，便爬起来不再呻吟了。初平见自己从赤松村笙儿家学得的解毒草药生效，不禁喜出望外。他将碗内药汁给老者服了，只听得老者腹中咕咕作响，不一会儿吐出一摊黑色的毒水来。再看老者，脸上已渐渐红润起来，腹内疼痛已然止住。初平救人心切，赶忙带着筐子到田边拔了满满两筐半枝莲，如法炮制，让全村老幼喝了，不到两个时辰，台盘村二百余患者尽皆康复。当天下午，家家户户都忙着下田插起秧来。乡亲们的病虽然治好了，然而得病的原因还是个谜。

那么台盘村这场飞来横祸究竟是怎么来的？原来，那日蟒精追踪秀兰至村头，便暗地里算计起来，见台盘村位于白水斗下游，眼前又正当插秧之际，心想：只要在上游滴些毒汁，他们饭后必然中毒。这样一来，人染病就无以下种，不下种秋后日子怎么过？他们要保命，要生活，就不得不把秀兰送来。主意打定后，当晚蟒精就化作黑衣怪僧到台盘村游说。万没想到回去等了三日，竟连秀兰的影子也没见着，于是把头探向涧内，一滴一滴施放起毒汁来，使得台盘村百姓无故被折磨了半个月。

却说那蟒精施放毒汁后，第二天就听邻村那些上山割草的人说，台盘村老幼尽皆腹痛如绞。蟒精听了暗自欢喜，心想：只要再过些日子，他们就不得不把秀兰交给我取乐了！然而，他连做梦也未想到黄初平已然治好了乡亲们的病，而且已带着十几个身强力壮的青年正欲取他的性命。那日，黄初平治愈乡亲们的病，便独自沿涧去查看毒源。村人得知后，要伴初平同往。初平挑选了十几个青年，于申牌时分带着锄、斧子、柴刀、铁棍来到白水斗涧。抬头一看，高崖处有一团白色泡沫凌空飞下，落入涧水后，顿时泛起脸盆大小的白泡。初平观毕，已知毒源就在这带泡沫的怪水中，于是便往那悬崖陡壁攀去。到了山顶一看，不由得心中一愣，只见一条黑蟒，长有数丈，浑身鳞甲闪闪发亮，其头大如小笸，一条长长的红舌从畚箕似的口中吐出，时而淌着带泡沫的毒汁；一双眼睛犹如两道闪电，煞是令人胆寒。众人见了，吓得魂魄出窍，两腿弹琴，就连不惧猛虎的初平此时也毛发直竖。大家凝神屏息，悄悄地绕道往高处爬去。约摸爬到离黑蟒精百丈之处，方敢立足喘气。此时，一轮红日西沉，天色渐渐暗了下来，深谷间阴森森的，更增加了几分恐怖。突然间，传来哗的一阵声响，只见那蟒精忽地盘作一堆，占地竟有丈许。蟒身所卷之处，手臂粗细的树木尽数折断，柴草更被碾得稀烂。众人正在纳罕，忽见黑蟒精舒展身躯，猛地一摇，蟒身竟如旗杆般竖了起来，然后缓慢下缩，倏地就地一滚，已成了黑衣黑帽的怪僧。十几个青年惊呼起来，原来放毒害人，变僧谣说，欲夺秀兰的罪魁就是这个孽畜！蟒精变作怪僧后，一步步往台盘村方向走去。初平见蟒精走远，急对众人低声道："蟒精此番下山，定然又去台盘村了。大家快想想办法，如何能除掉这个孽障？"于是大家你一言我一语地说开了。有的说："蛇类最怕人尿，若把它浑身淋上人尿就会逃跑。"有的说："蛇类最忌雄黄，若将计就计，回村灌它一肚子雄黄酒，它便会醉倒现形，趁此时把它斩杀岂不为妙！"初平觉得大家所言虽有道理，但终有不妥。于是，他又重新勘察地形，分析道："此蟒大而凶险，凭我们的能耐很难制服。若说灌雄黄酒，此畜生已然成精，见了忌物岂不防范? 依我看, 山上巨石磊磊, 趁此怪不在, 我们预先撬动石块, 待它回到原处凝神修炼之机, 一起滚动大石。这样……" 未等初平说完, 众人就异口同声地道: "此法可行, 此法可行! " 初平又将手一指续道: "这地形状似沟槽, 出口正接马鞍形山冈, 滚石下去, 定能命中一二。只要蟒精残了身子, 我们凭锄头、柴刀也能将它斩杀。" 众人听毕大喜。于是, 大家便动手撬挖起能滚动的大石来。一声金鸡报晓, 东方已渐露晨光。这时, 忽见怪僧疾步攀山而上, 一到盘卧之处, 就急急地复回原形, 盘卷作一堆, 把头探向东方, 静沐晨露朝晖。就在这时, 一排大石蹦跳飞腾, 轰轰隆隆直往蟒精卧处砸去。其中一块巨石重达万钧, 系被飞石撞击带动, 滚到陡处, 竟蹦飞在半空, 其声震耳欲聋。蟒精忽听后山头上传来地动山摇之声, 不由得惊恐万端, 正欲逃遁, 此时从半空砸下一块巨石, 但听轰隆一声巨响, 那巨石不偏不倚正砸在蟒精的脖颈上, 黑蟒精成了稀泥。那块巨石也不知是力大无比, 还是与黑蟒精有仇, 直把蟒精的尸体压到了十八层地狱, 把白水斗涧旁的马鞍形凹处砸出了一个深不见底的洞穴。后来, 人们还当此洞是天上殒星落下所致, 给这个洞取名叫作"落星洞"。

　　除上述这些故事外, 还有一些惩恶助弱、为民造福的故事主人公并不是黄大仙, 而是黄大仙身边的人或物。这些故事也从侧面展现了黄大仙信仰的强大感染力，如《神羊镇恶龙》。

神羊镇恶龙

自从黄初平跟师傅学成"叱石成羊"的法术后，他经常把羊叱变成白石，乘机去为附近百姓做好事。回来后又把白石变作羊，让它们吃得饱饱的。天长日久，黄初平为百姓做好事的事迹居然感化了一头老羊，于是，这头通灵性的老羊便立志效仿主人，边学道修仙边为百姓做起好事来。后来，这头老羊竟然舍生忘死，镇住了作恶百姓的恶龙。

黄初平道成升仙后，大多数羊都化成了白云簇拥着乘鹤云游的黄大仙，而常给黄大仙做伴的这头老羊却始终留在卧羊山。黄大仙不见心腹老羊跟随身边，时常感到怅然。于是，每每云游后回到赤松山时都要大声疾呼。但每次呼唤，那头老羊总是立于一个清水潭边摇摇头，然后昂首"咩——咩——"地向同伴和黄大仙打招呼。黄大仙见它似有隐衷不愿意随他，也就罢了。

黄大仙的心腹老羊为啥不愿意随主人云游四海呢？

原来，这头老羊发现了赤松涧源头的清水潭中藏有一条恶龙。

这条恶龙每年三月都要跃出清水潭，沿赤松溪、婺江及金华南山、北山飞游一圈。所到之处，狂风大作，飞沙走石，暴雨如注，麦苗、油菜不是被狂风吹到天上，就是被暴雨打得稀烂。当它沿南山、

蝉石

北山狂飞时，往往浑身出汗，那汗珠有鸡蛋大小，一遇冷风，便变成坚冰，直把满山的松树打得焦头烂额。它每出现一次，百姓们就要遭一次劫难。每逢过了立春，金华百姓便心惊肉跳，哀叹发愁。

老羊就是为了这个原因，才没有跟随黄大仙。

自从老羊发现恶龙作恶百姓后，就下决心要除掉恶龙。

然而，要除恶龙并不是易事。那孽畜身长数丈，有大水桶粗细，长相凶悍且力大无比，老羊几次想动手，但看看自己的体重还不足五十斤，不禁又彷徨起来，一直不敢轻举妄动。

经过多年观察，老羊知道恶龙每年现身两次：一是三月，二是八月中秋。三月是恶龙逞狂之际，要力斗不能取胜。唯一的办法是八月十五那天，趁恶龙现身清水潭抬头赏月之时，将自己化成一块千斤巨石砸向恶龙脑袋，才能出其不意置孽畜于死地。

办法虽然想出来了，但如何使自己变成石头，而且是一块千斤巨石呢？这可把老羊难住了。

　　为了剪除恶龙，老羊铁了心攻克"自变石头"这一关，然后再琢磨"石变千斤"的办法。

　　于是，老羊在卧羊山上一会儿起立，一会儿卧倒，反复演练，但凭它如何认真，就是变不成石头。它急了，就拼命奔跑跳跃，有时居然从丈余高的岩石上纵身跳下，但尽管它摸爬滚打了数月，还是没能遂愿。

　　这一日夜晚，老羊独自卧在一块平坦的大石上伤心哀叹：唉！想当初黄大仙在日，他一声长叱，拂尘一挥，我就不由自主地变成了一块白石。如今听不见大仙的声音，花了九牛二虎之力还是瞎子点灯白费蜡。要是变不了石头，为百姓除害岂不成了泡影？

　　想着叹着，老羊不禁伤心地流下两行清泪。

　　"不行！非要达到目的不可！"老羊斩钉截铁地自语着。于是，它努力回忆黄大仙"叱羊成石"时的情景，决定凭记忆中的意念去试试看。

　　老羊立起身来，一边啃着青草，一边用意念化出黄大仙喝叱时的情景。说也奇怪，老羊心念一动，耳鼓内就仿佛听见了黄初平的叱喝声，顷刻间，只觉得四肢僵硬，身躯沉重，竟然化作了一头石羊。

　　老羊一阵窃喜，连忙又用意念幻出黄初平"叱石成羊"时的情景，果然灵验至极，石头又变成了老羊。

大喜之下，老羊一鼓作气，反复体验，终于掌握了要领。它没有因此而满足，又不分日夜一连苦练了几个月，直至能变化自如，随心所欲为止。老羊攻下了"自变石头"的第一关后，又马不停蹄准备突破"石变千斤"的第二关。

这第二关可难了——一没示范，二没体会，是老羊自己的臆想，丝毫无鉴可借，要达到目的，一切得由自己想办法。

老羊想：自己的身体有多大，变成的石头就只有多重。要使所变的石头重达千斤，就得有个千斤重的个头。而要增大身躯，唯一的办法就是在"吃"字上下功夫。吃饱了，不仅减少了腹腔的空隙，又能使肚腹增大，且食多养分多，还能使身体各部位得到充实。

想到这里，老羊不禁满心欢喜。于是，它便拼命吃起草来。

由于老羊除恶龙心切，往常吃十斤草，如今就吃二十斤，结果大大地超食，使它痛苦地拉起肚子来。

拉稀是十分伤身的，三天一过，老羊不仅体重没有增加，相反还瘦掉了四五斤，这使它十分懊丧。该怎么办呢？

一天，老羊躺在涧边的一块大石上晒太阳，忽听得涧旁传来嚓嚓的锄地声。它懒洋洋地撑起身体一看，原来是一个老农民在挥锄挖草药。老羊灵机一动，连忙强作精神上前去问老农："你这位老伯，挖的是什么草药呀？"老农民见面前出现一头会讲话的羊，心中十分诧异，他拍拍手中开着黄花的几根草说："这叫'仙鹤草'，是黄初平大仙传给我们百姓医治脱力、伤寒和拉肚子的灵丹妙药。"

老羊听说是故主黄初平传给百姓的草药，心中既激动又高兴。心想：我主人为百姓做了数不清的善事，可从没听他说起过会治病呀！噢，我的主人原来是施善不留名的好人哪，我也要跟他学。

老农民见老羊在想什么，便仔细打量起这头会说话的山羊来，突然一惊，问老羊道："看你双眼乏力，毛无光泽，是患了拉稀的毛病吧？"老羊伤心地点点头。老农接着说："不要紧，只要吃些仙鹤草，马上就会好的。"

老羊见这位老农是个诚恳热情的人，便感激地说："老大伯，谢谢你！你家住哪里呀？"

老农用手一指："喏，前面山坳里那个村便是。我姓林，村里人都叫我林大伯。今后有什么为难事你尽管来找我。"林大伯说完，就到涧中一个大水潭中去洗仙鹤草了。

林大伯正在全神贯注地洗草药，突然当的一声，插在他背上的那把柴刀滑入了水潭中。林大伯迅疾地一捞却没捞着，柴刀便沉入了潭底。他不甘心柴刀失落，便脱了衣裤下水去捞。山里长大的林大伯从没下过水，结果几次想钻到潭底，身体总不由自主地往上浮。

老羊见林大伯几次没能钻下水去，便担心地立在岸崖上盯着看。

这时，只见林大伯想了一想，突然从浅水处抱起一块五六十斤的大石头，一憋气沉到水底将柴刀捞了上来。

老羊见林大伯被寒冷的潭水冻得嘴唇有些发紫，便用双角挑起林大伯的衣裤迎了上去。林大伯见了高兴地拍着老羊的额头说："谢谢了！你还是快去吃些仙鹤草吧。"说毕，抹了抹身上水渍，穿好衣裤，拿着草药和锄头向老羊挥挥手就回家去了。

老羊此时便迫不及待地吃起仙鹤草来。

这药真灵验，老羊吃了后第二天就止泻了。它十分高兴，每天都把肚子吃得鼓鼓的，然后再吃些仙鹤草。一个多月下来，老羊的肚皮已撑得有箩筐大小，而且身骨亦强健了许多。它估计，要是把自己变成石头，重量少说要比以前增加百余斤了。

老羊心想：肚子要再增大已经不可能了，最要紧的应该设法把空荡荡的肚子用重物填实，只有这样，才能达到惩治恶龙的目的。

用什么填肚子才能使身体的重量猛增呢？还是吃草显然不行，啃吃树皮吧，分量与草差不了多少。吃什么最合适呢？左思右想，总没一样理想的东西。走着想着，老羊蓦地想起林大伯抱石沉水捞柴刀的情景，心想：要是用石子填实自己的大肚皮，还怕变石后达不到千斤么？对！我就吃些石头试试。

咯嘣咯嘣，老羊毫不犹豫地啃吃起石子来。可是，刚咬了两三块就满口流血，连门牙都摇动了。怎么办呢？老羊不甘心，便跑到浅滩上捡小石子囫囵吞。这一来更不得了，吞下的石子难以消化，老羊害起了肚痛病。

这种肚痛病可不比寻常，又沉又痛，肚腩就像硬生生撕剥一般，腰骨也沉得咯咯作响，直把老羊折磨得满地打滚，冷汗直冒。

没办法，老羊只好去求林大伯解难。

林大伯满腔热情地说："山楂根、葛石花，凭你石头也能化。"说完，便陪老羊到卧羊山上，指着一株开着紫花、宽叶高秆的植物说："这就是葛石花。你吃些吧，保管灵验。"

老羊谢过林大伯，便啃吃起葛石花来。它东边啃一株，西边啃一株，一气吃了十多株。

说也奇怪，老羊吃了葛石花不久，肚疼就渐渐减轻了。到了半夜，老羊肚中突然咕噜咕噜响了一阵，一连放了五六个响屁，顿时感到浑身舒畅，肚子也不痛了。

老羊高兴极了，便情不自禁地高喊起来："有了葛石花，不怕顽石不消化！"从此，它天天吞吃小石子，然后啃些山楂根、葛石花，半年下来，体重居然增加了四五百斤。

光阴荏苒，转眼又是三月。

一天夜里，清水潭中突然传来哗的一声巨响，一股白蒙蒙的水柱冲天而起。那水柱冲到半空，刹那间化作一团乌云。乌云在赤松山上空旋飞了一圈，便带着呼呼风声沿赤松溪疾飞。

"不好！恶龙又现身作孽了！"正躺在卧羊山上嚼石子的老羊

惊得喊出声来，它连忙起身奔到山顶去察看恶龙动静。

只见那团乌云越滚越快，待到飞出七八里地，便见几间茅屋被狂风卷到半空，顷刻间粉身碎骨。紧接着，乌云中划过一道闪电，哗啦啦的暴雨直扑向村庄、田野……待乌云折向婺江时，还传来了隐隐的雷声。

约摸过了两个时辰，那团乌云猛然出现在北山之巅。此时，北山风声大作，雨点化作了鸡蛋大小的冰雹。风声、冰雹声，山鸣谷应，整个北山似乎在惊涛拍岸般的巨响中颤抖起来。

恶龙在北山大施淫威后，便折向南面疾飞。只听得叮叮当当一阵乱响，那恶龙便流星般地投入清水潭中。

天亮了，老羊满腹狐疑，心想：昨晚风声中叮叮当当的声音是从来未有过的，这到底是怎么回事呢？于是，它便去找林大伯问个究竟。

谁知来到村中，男女老少个个拍着脑袋喊头疼，连精通草药的林大伯也不例外。老羊十分诧异，连忙问林大伯："怎么一夜之间全村人会一起得头疼病呢？"林大伯见问，就道出了个中原委。

原来，这个村的人以前也曾得过头痛病，自从一个法师在村后的庙中挂上了一口大铜钟后，人们的头痛病已多年没犯了。这口铜钟据说能镇百邪，由于昨夜被恶龙卷起的狂风摧毁了古庙，铜钟叮叮当当滚入了山下的清水潭，因而大家又犯病了。

　　老羊听后，对恶龙恨得咬牙切齿，真想立即化作千斤石羊，跳到清水潭中砸死恶龙。但转念一想：恶龙潜入深潭，要到八月中秋才露面，自己现在又敌不过这孽畜，光凭匹夫之勇反而会坏了大事。于是，它强按住火性，一边抓紧吃石子增加体重，一边设法救治乡亲们的头痛病。

　　这天，老羊到林大伯处问道："大伯，这头痛病怎样才能治愈？"林大伯边呻吟边说："只要听到铜钟当当的响声就会止住疼痛的。但如要痊愈，非得把铜钟捞出清水潭挂回原处不可。"

　　"我马上想办法捞出铜钟！"

　　"好……好心的羊兄弟，打捞铜钟可不容易啊！当年那个老法师说过，如……如果铜钟落水，必须要有……一奶同胞的十兄弟一起打捞，才……才能捞得上啊！……哎哟——"

　　老羊听后，二话没说，就跑到邻村去打探一奶同胞十兄弟的人家去了。

　　它奔东村跑西村，打听来打听去，总没有一家有十兄弟的。最后，好不容易在一个山村中发现一家有九兄弟加一个女婿的。老羊想：民间常说"女婿顶半子"，这样就等于九个半兄弟了，不妨央求他们试试。于是它声泪俱下地向九兄弟言明原委，恳求他们帮助打捞铜钟。

　　九兄弟听说是为了救乡亲，认为这是义不容辞的事，连忙凑了小妹夫，带着长梯、绳索、抬杠等赶往清水潭。

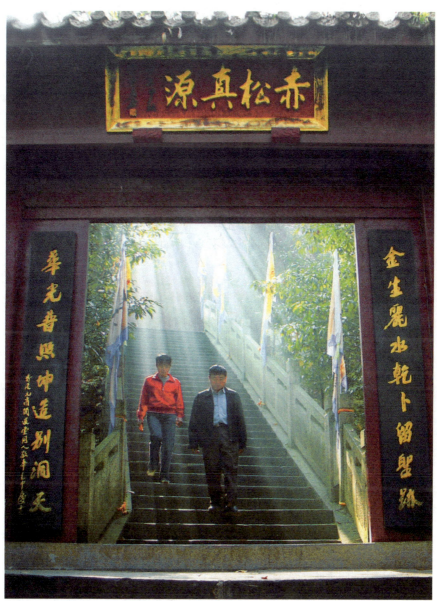

赤松真源华光普照

经过一番忙碌，九兄弟和他们的小妹夫终于嗨哟嗨哟抬着铜钟往岸上走了，直喜得老羊差点滚下热泪。可就在这时，小妹夫偏偏一脚踏进梯子的空档，砰的一声，铜钟又落入深潭，等大家再下水捞时，连铜钟的影子也见不到了。

　　铜钟虽没能捞上岸来，但是，铜钟掉落时正巧撞在潭边的一块大石上，一阵当当声，却使林大伯他们一村人的头痛病好了。这时林大伯和众乡亲都赶到村头清水潭感谢老羊和九兄弟，老羊和九兄弟见乡亲们的病好了，心中十分欣慰。

　　几阵秋风，吹黄了满垄的稻谷，眨眼间到了中秋节。

　　正当人们包起粽子准备欢欢喜喜过中秋之时，老羊的心却轻松不起来，因为惩治恶龙的时刻到了。

　　八月十五这天夜里，一轮明月高挂中天，月华溶溶，碧天无翳。老羊早在傍晚时分就用小石子填饱了肚皮，守候在清水潭边，双目牢牢盯着清水潭。

　　半夜光景，清水潭中突然泛出一串串大水泡，只见水波涌处，那恶龙的头已露出水面。老羊定睛看时，恶龙眼似铜铃，口似血盆，乌金般的龙鳞在月光下闪烁着刺眼的光，两条龙须活似两条大水蛇，不断在水中蠕动。此时老羊怒从胆边生，心中涌动着千仇万恨，突然幻化出黄初平叱羊成石时的意念，纵身一跃至半空，一头向恶龙撞去。恶龙见头顶上一庞然大物突然向它袭来，急忙缩头往水底钻去。说时迟那时快，老羊已砰的一记撞着了恶龙。

可是很遗憾，老羊没能撞中恶龙的脑壳。由于恶龙闪电般钻入水中，老羊不偏不倚骑到了恶龙的颈脖上。恶龙一阵头晕，正想挣扎，谁知老羊已变成了石头，四条腿就像硕大的铁钳，钳住了恶龙的脖子。

足有七八百斤的石羊掐住了恶龙脖子，恶龙难受极了，想飞飞不走，想死死不了，它只好拼命摆动龙尾巴挣扎，结果，尾巴扫涤了潭中淤泥，正好伸进了那口大铜钟之中，当——当——，一阵阵钟声自清水潭传出，林大伯和乡亲们的头痛病就再也不重犯了。效仿主人行善的老羊镇住了恶龙，金华百姓三月遭灾的事再也没有发生。后来，当细心的林大伯得知是老羊做的好事，便和乡亲们精心雕刻了一头大石羊安放在清水潭边，表示对老羊的纪念，并把他们的村庄取名为"钟头村"。

据《赤松山志》载，每当风清月朗之时，清水潭中便传出铿锵之声。据当地民间传说，这正是龙尾击钟之声，以保生灵安宁。

此外，还有少量传说讲述了黄大仙报恩的故事，也属于这类故事的范畴。如《恩报》。

恩　报

"草木一秋人一生，恩怨难泯总留存。若要人说心肠好，善解怨仇知报恩"。

话说黄大仙当年尚在襁褓中时,他爹黄九丐为了养家糊口,于一个大雪初霁之日外出乞讨。不料雪化路滑,一跤跌倒在山岭之上伤了踝骨。正值他乞讨不成,回家不得之际,一个瓦窑师傅路经此地,将他背回家中去照料。

瓦窑师傅见九丐伤得不轻,先用草药敷了伤口,后又踏雪为他请来郎中,直至创伤痊愈,才让九丐回家。为让九丐家能过个好年,瓦窑师傅还特地送给他十斤白米、两斤笋干。九丐为此十分感激,打从初平懂事后,常常在初平面前提及此事,要他铭记在心,以报瓦窑师傅"调伤赐饭"之恩。

为人子者,当有孝心。黄初平是个孝子,对父母之训从来唯命是从。虽是身入仙界,但心里常为不遇瓦窑师傅而感憾疚。

这年中秋时节,黄大仙遵循师嘱,前往大黄山封闭石室,以防后人有扰仙居。当他行至"五里横腰"时,见路上有一中年人,衣衫褴褛,面黄肌瘦,额上带嫩紫色的伤疤,左手五指已缩成佛手之状,腕上套个竹篮,右手挂条打狗棍,一瘸一拐迎面走来。黄大仙料定此人必是被火烫伤致残,顿生怜悯之心,遂开言道:"兄弟,你一身创伤,行动不便,怎么不去平原乞讨,反到深山求食?"

那中年人见一位慈眉善目的道长与他搭讪,便直言道:"道长有所不知,我虽不幸手腿致残,但也不能昧着良心忘恩负义。我此番上北山并非专为求食，而是要拜一拜我的恩人升天时所留遗迹，以示我对恩人的一片心意。"

"哦！你的恩人是谁？"

"道长师父，你想知道我的恩人吗？再往前走一程就知道了。"

黄大仙搀着中年人走了一程，已然来到奇龙山下。只见中年人口喊"恩人"，便一头扑在撞仙石上哭泣，一边深情地抚摸着石上那深深的头印和手印。然后，那中年人又从竹篮中取出香火纸币，点燃后双膝跪地，边拜边泣道："恩人哪！当年我落入水塘，要不是你舍命相救，哪里还有我的命呀！自从恩人救我再生，本想报恩于万一，谁知天有不测风云，烧红的瓦窑坍塌使我烫伤致残，如今是欲报恩而不能了。今日特地登上北山，烧纸一拜，就算我对恩人的报答了，还望恩人在仙界多加宥谅。"

中年人边哭泣边诉说，其声甚是悲切。黄大仙一旁听了，不禁感动得扑簌簌掉下泪来。此时，黄大仙已知面前这位中年人并非别人，正是自己当年所救的瓦窑师傅的儿子，于是激动得拭泪问道："你是瓦窑师傅的儿子？"中年人见问，立起身来打量着黄大仙，怔怔地道："你是——？"黄大仙急道："我就是赤松的牧羊儿黄初平呀！"中年人一听眼前这位道长正是自己的救命恩人，便一头扑向黄大仙，呜呜大哭起来……

经中年人诉说，黄大仙才知瓦窑师傅已故多年，儿子承继父业，仍以烧制砖瓦为生，由于入窑砖瓦堆砌尚乏经验，致使瓦窑坍塌，烫残了手脚。为活命，他才迫不得已提篮乞讨的。

瓦窑师傅儿子的情状令黄大仙坐立不安，他一边踱步，一边屈指盘算着什么……须臾，自言自语道："有了！有了！"瓦窑师傅的儿子不明就里，忙问黄大仙："什么有了？"黄大仙微笑着道："天机玄妙，不可泄露。你只要按我的吩咐去做，定可发迹成家。"

"恩人，你要我做什么？"

"今晚你什么地方都不要去，就藏身于这撞仙石之后。届时天上有一群神仙打此经过，你无论见到什么样的神仙都不要害怕，大胆上前抱住其中一个，就可得到你所需要的一切了。"

"这……"瓦窑师傅的儿子还有些犹豫。

"机不可失，时不再来。你千万不能错过机会！"黄大仙说毕，化阵清风绝尘而去。

瓦窑师傅的儿子深知恩人黄初平的为人，知道他一定是在为自己分忧解难，于是不敢离开撞仙石半步，按照黄大仙的吩咐，凝神屏息藏身于石后等待众仙的到来。

半夜时分，天上突然传来一阵悠扬的笙箫之声。乐声甫毕，便见一队天兵天将手执锃亮的兵器，箭一般地从天而降。这些天兵天将个个凶神恶煞，面目狰狞，走起路来虎气生生，说起话来震耳欲聋，舞起兵刃慑人魂魄。瓦窑师傅的儿子见了，早已吓得缩成一团，哪敢上前抢抱? 就这么慢了一慢, 那队天兵天将已经过去。

正当瓦窑师傅的儿子对自己恨铁不成钢之际, 笙箫声中突然飘下一群仙女。这些仙女个个体态轻盈, 窈窕倩丽, 走起路来步如云载, 说起话来莺啭凤鸣, 舞起长袖如彩虹穿梭。瓦窑师傅的儿子直看得如痴如醉。心想: 再不上前抢抱一个也许就失去良机了! 他正欲壮胆上前, 忽又转念一想: 像这般月貌花容的仙女, 我看上一眼已是很大的福分了。如果是上前抢抱, 我这副丑八怪的样子一定会吓坏她们, 而且这种粗野的举动是对仙子们的亵渎。做人不能忒贪呀! "他这么一想, 那些笑靥如花、风姿绝伦的仙女已飘然而过。

仙子们嘻嘻哈哈飘向远处, 瓦窑师傅的儿子不禁又有些后悔起来。他想: 既然是恩人黄大仙嘱咐的, 我又有什么好束手束脚的呢? 唉, 不听大仙之言, 也许这辈子再也没有机会了!

正在这时, 忽然仙乐声中飘下一个身穿黄色衣裙的老太婆来。这老太婆手拄一根凤头拐杖, 走起路来一晃一扭, 说起话来好像敲木鱼, 慢腾腾地从大石前走过。瓦窑师儿子见了, 心想: 天兵天将凶得可怕, 仙女们漂亮得惊心, 这老太婆就一个人, 再不动手还等何时? 于是鼓起勇气, 一个箭步从后蹿上, 张开双臂猛地将老太婆一把抱住。老太婆此时身子一缩, 他也连忙往下一蹲。咯咯咯一阵鸡叫声, 老太婆不见了, 瓦窑师傅儿子抱着的已不是老太婆, 而是一只黄羽黑花的老母鸡。

瓦窑师傅的儿子捉起老母鸡，解下腰间讨米袋，把老母鸡往袋中一塞，然后用绳子扎紧了袋口。

此时天已渐露曙色，瓦窑师傅的儿子深为自己这最后一搏而庆幸，于是他背起老母鸡高高兴兴地回家去了。

瓦窑师傅的儿子背回老母鸡后，老母鸡每月为他生下一只金蛋。不几年，他便成了闻名遐迩的大富翁，娶妻生子，日子过得十分红火。

瓦窑师傅的儿子发迹后，心里常常惦记着黄大仙。他想：黄大仙有恩于我，我该怎样报答他呢？思前想后，觉得如果能把黄大仙的名字一传万古，让世人永远铭记，也算表示一点谢意了。于是，他决定重新整理瓦窑，烧几窑上过黄釉的醋瓶，让百姓看到黄醋瓶就想起黄初平。

瓦窑师傅的儿子残了手脚，自己不能动手，于是他就请了手艺精熟的老师傅为他叠窑制瓶。不到三个月，第一窑黄醋瓶已然烧毕。正当瓦窑师傅的儿子高高兴兴看着醋瓶出窑之际，突然刮来一阵狂风，把醋瓶刮得如天女散花般，等大风过后，一窑醋瓶已一个不剩。

瓦窑师傅的儿子不知缘由，紧接着又烧了几窑，可是每当出窑之时，都同第一窑一样，烧好的醋瓶总被大风刮得无影无踪。

原来，黄大仙是仙界中的善仙，他把行善积德视为本分，不愿炫名于世，故当他得知瓦窑师傅儿子的用意后，就遣弟子徐公拔耳吹风,把醋瓶吹跑了。

吹跑的醋瓶撒落在整个北山,虽然天长日久被埋入深土,但每当人们开山掘地时,仍能见到。谁见着了,都要欣喜地喊一声:"嗬,黄醋瓶(黄初平)赐福来了!"结果,瓦窑师傅的儿子还是达到了他的目的。

总体来说,这类故事在民间口头文学中占有很大的比重,以至于让官方也不得不承认黄大仙的特殊地位。宋代时的两次获封,所谓"汲井愈疾,益广救人之功"、"祈晴祷雨,则随感随通",便是明证。

第四,自然与人文风物传说。金华北山是国家级风景名胜区,自然景观与人文景观都非常丰富,其中大量的景观都与黄大仙传说相关联。如自然景观传说中的《叱石成羊》、《卧羊山》、《夜筑斗鸡岩》、《石棋盘》、《撞石成仙》、《召仙金钟》、《卧羊岗的传说》和《羊屙变景石》等;人文景观传说中的《二仙造桥》、《二仙桥》、《赶石造桥》、《赤松宫》等。另外,还有一些风俗传说和特产传说,如《赠桃度仙》、《黄大仙写劝善戏》等属风俗传说,而《九峰茶》、《丹水植香黍》及《赐方种萝卜》等则属特产类传说。正是这些传说使金华北山风景区的名胜古迹具有了生命力,黄大仙也不仅仅是只会叱石成羊的固化了的神仙人物，而是一个具有广泛存在意义，被民众多方认可的神性人物，它活在当地自然景观、人文景观和人们的现实生活之中。正是这类传说的存在，使黄大仙信仰延续一千余年而不绝。

第五，显圣香港与返乡显灵的传说。如《接大仙》（又名《偷大仙》）、《返乡显圣》、《石羊托梦》等。

除以上五类传说之外，还有一部分黄大仙的民间故事与历史人物相附会。或宣传惩恶扬善的主题，或使金华的一些地方风物更具传奇性。如《遗丹戏炀帝》、《除炎神茶变举岩贡茶》等。

遗丹戏炀帝

赤松炼丹山，是黄初平与黄初起兄弟俩的炼丹飞升之地。山虽不高，却能收百里山川于眼底。

据民间所传，炼丹山上草木葱茏，百草皆可入药，更有黄大仙遗丹一粒。每当阴晦烟雨之日或星月昏朦之夜，其丹便化作一斗大火球飘忽滚动，并伴有一阵阵鸡啼声，人在百里之外，也可耳闻目睹。早先附近百姓曾多次执灯笼火把入山搜寻，但到了山中，火球却销声匿迹。据说遗丹变化多端非凡人所能获得，就连隋炀帝也被遗丹戏谑，生了一场大病呢。

　　相传隋朝末年，炀帝杨广带着肖妃，在文武百官的簇拥下去江都（今扬州）看琼花。琼花系天下异卉，冰瓣玉蕊，花朵硕大，洁白无瑕，奇香扑鼻，非正派人无有饱赏眼福。隋炀帝是个沉溺酒色、荒淫无道的昏君，圣洁的琼花当然不容亵渎！因此，当隋炀帝刚到江都与肖妃瞧上一眼琼花，那花竟愤然凋落。隋炀帝十分扫兴，便问左右："尔等可知国中还有比琼花更为罕有之物吗？"炀帝金口方开，便有随从上前跪秉："万岁，小的是江南人。听父辈说，曾于江南金华，夜见北山有一团会跳舞飘忽的火球，其大如斗。每当出现，便可闻金鸡啼声。若说观赏，火球滚动，万壑生辉，千山隐现，恐怕比琼花更胜过十倍！"

　　"哦？天下还有这等稀奇之物。你可知道那火球究竟是何物？"

　　"万岁！据金华百姓所言，此物乃晋时黄大仙所遗仙丹。"

　　"什么！仙丹？"

　　隋炀帝一听仙丹，大喜过望，心想：仙丹是上天乘云蹈海的仙家之物，哪个凡人不渴而盼之？得了它，不成仙也图个长生不老。自己贵为天子，正愁三宫六院、美酒佳肴的花天酒地生活享受不了多少年。如能得到仙丹，岂不长享荣华，永受富贵！"于是，他当即下旨，要文武百官陪同去江南金华。文武百官不敢怠慢，立即当先开路往金华而去。炀帝自己则在众多嫔妃的簇拥下，一路笙箫歌舞，缓缓而行。

这一日, 炀帝到了金华, 早有先头到达的文武官员与金华知州将他迎入府衙。当晚, 知州衙中摆下山珍海味, 为炀帝接风洗尘。吃罢晚膳, 炀帝就迫不及待地要看北山那个舞动于千山万壑间的火球。知州早有准备, 便陪着炀帝去到后花园, 登上了事先搭就的观丹楼。

此时正值初夏, 观丹楼上凉风习习, 无须宫娥司扇, 炀帝也觉凉爽舒坦。于是, 他与肖妃并肩而座, 一边品着香茗, 一边双眼直愣愣地盯着北山。

看着看着, 黑沉沉的北山中部突然透出一团红光。接着, 忽闻一声雄鸡报晓般的长鸣。此际, 那团红光突然跃起于一座不高的山顶, 又传来了一阵雄鸡的笑啼声, 那团红光便开始跳舞了。只见它忽而左, 忽而右, 忽而高, 忽而低, 忽而像流星飞射, 忽而似银河倾瀑……火球到处, 果然山上草木依稀可辨。炀帝看了大喜, 不禁连连拍案叫绝, 直把手中的茶杯摔得粉碎也没知觉。正当隋炀帝手舞足蹈之际, 只见火球从北山顶飞速而下, 后面还带着一串霭霭烟霞。飞着飞着, 突然在尖峰山顶停住了, 远远看去就像古塔顶端镶嵌着一颗明珠。炀帝此时才蓦地想起: 这是晋代黄大仙遗在金华北山的仙丹呀! 我还愣着干什么! 于是, 他突然大声喊道: "快给朕备马!"

"万岁! 备马何用?"全身披挂, 立于一旁的保驾大将军宇文成都问。

"休得多问。你速点兵五百,带上灯笼火把,随朕前去尖峰山!"

宇文成都不敢违命,说声:"臣遵旨。"就连忙下了观丹楼,点齐了五百军兵,点起灯笼火把,为炀帝牵来一匹叫作"白龙驹"的骏马。

隋炀帝下得楼来,飞身跨上白龙驹,在宇文成都率领的五百军兵簇拥下,一窝蜂似的直朝尖峰山驰去。

尖峰山离金华府不过十五六里,不消半个时辰,兵马已到尖峰山下,炀帝即传旨把尖峰山围住。圣旨一下,宇文成都命军兵分左右包抄,把尖峰山紧紧包围起来。此时,炀帝见尖峰山陡峭至极,马步难行,便当先下马,亲自指挥军兵从四面悄悄步行上山。

到了山顶,炀帝隐身于一块大石后窥探,见火球停在一棵华盖般的老松树上,一闪一闪透出霭霭光芒,便凝神屏息摸了过去。原来这棵老松树并不高,是从一块齐胸高的岩石缝中长出来的。炀帝见了暗暗高兴,便蹑手蹑脚爬上岩石。他贪婪地张开双臂,猛地来个"怀中抱月",欲把仙丹捧入怀中。但双手刚刚触着火球,他就大喊:"快救驾!快救驾!"

原来,当隋炀帝将火球抱入怀中时,那火球突然光焰四射,隋炀帝只觉得手上、头上、脖子上似有无数针锥扎戳般的疼痛,就杀猪似的嚎叫起来。

紧随其后护驾的宇文成都见炀帝大喊"救驾",急令兵丁举灯笼火把拥上前去。他凭借光亮一看，见炀帝捧的并非什么火球、仙丹，而是一个箩筐大小的马蜂窝，那些有蜻蜓大小的毒蜂正在拼命叮螫炀帝。宇文成都见状大喊："万岁，快扔下，你手中捧的是马蜂窝！"炀帝听说是马蜂窝，顿时惊悸得浑身起了鸡皮疙瘩，连忙狠狠地将蜂窝掷于地上。宇文成都为了在炀帝面前表示自己尽心尽责，闪电般举起流金镗向马蜂窝砸去。按理说，这一镗别说是个马蜂窝，就是一块千斤巨石也要被这大隋第二条好汉砸碎。然而，万没料到，这马蜂窝却似一团橡胶，把宇文成都反弹得倒退了三步。

这时，马蜂窝中那些毒蜂被流金镗一震，嗡的一声全都飞了出来。这些毒蜂见人就螫，把炀帝吓得捂着脑袋趴在地上。宇文成都见状大怒，喝令兵丁拔出腰刀砍杀毒蜂，自己把流金镗舞得呼呼风响，紧紧护住炀帝。霎时间，尖峰山上火把乱晃，喊声震天，似有千军万马在山上厮杀。

折腾了约莫半个时辰，那些军兵个个筋疲力尽，最后还是让毒蜂螫得鼻肿口歪。宇文成都呢，到后来只觉得两臂酸麻，流金镗略缓了缓，也被毒蜂螫着了鼻子，顿时肿得成了个蛤蟆鼻。

众人扶起炀帝，见炀帝脸上凹一块凸一块，鼻子陷进肉窝里，眼皮好像黏上了两个大馒头，整张脸活像个胖猪头。君臣面面相觑，你看我，我看你，人人啼笑皆非。

毒蜂不见了，蜂窝也不知去向。炀帝无奈，只好由宇文成都扶着一步步走下山来。

走到半山腰，只听草窝里咯咯咯传来一阵鸡叫声。炀帝仔细一看，原来是只红毛公鸡蹲在草丛中，还隐隐透着红光哩。隋炀帝想：原来仙丹会使金蝉脱壳之计，化作红毛雄鸡藏到这里来了。哼！这下非把你逮回去不可。于是他纵身一跃，双手就去抓鸡，没想到刚刚抓着鸡羽，就被尖硬的鸡嘴啄中了鼻子，鲜血顿时涌泉般流了出来。炀帝连忙放开雄鸡去捂伤口，雄鸡却突然化作火球滚往山下了。他一手捂鼻一手指着火球直嚷："快！仙丹，仙丹，追！"于是，军兵们又争先恐后去追火球。宇文成都呢？他两次失误，生怕皇上怪罪，不敢离开炀帝半步，背起炀帝飞快朝山下赶去。

这时，那雄鸡变的火球随着一声声公鸡的啼声东飘西滚，众军兵呐喊着一会儿追到东，一会儿追到西，其中不少军兵不是被荆棘刺破了手，就是被野藤绊了脚，摔得血流满面。追着赶着，将要到尖峰山脚时，只见火球似十分困乏，渐渐舞不动了。隋炀帝见之大喜，一边传旨军兵奋力包围，一边叫宇文成都放下自己。在众人的呐喊声中，火球很快被围了个严严实实。

此际，只见火球慢慢变小，最后成了一颗弹珠子大小了。隋炀帝兴奋得不得了，咧着肿得一条缝的嘴巴嘿嘿笑着说："仙丹呀仙丹，凡人不能得到你，难道我堂堂天子也不能得到你吗？"说着，突然一个"狗扑粪"，去抓火球变的仙丹。炀帝刚刚扑倒，就大喊："救驾。"当宇文成都上前看时,只见炀帝的脸已埋入了一堆臭兮兮、软乎乎的牛粪里,他一边呸呸呸地吐着嘴中牛粪,一边用龙袖去揩脸上的牛粪。这一揩不要紧,把炀帝变成了魁星丑八怪。

除炎神茶变举岩贡茶

相传明太祖朱元璋攻打古婺州城(金华)时,曾被元军守将白堰都杀得大败。朱元璋见城池一时难克,便屯兵北山鹿田养精蓄锐,图谋良策,伺机破城。

朱元璋兵马驻跸鹿田后,由于水土不服,故使军中半数将士染上眼疾。只见得病者眼布红丝,泪流不止,精神委靡。此病且易传染,过不数日,就连朱元璋自己也病态初显。元璋见婺城未破,将士染疾,不由得忧心忡忡,心如火焚。

这日夜晚,元璋强打精神于虎帐内察看婺城地图,但觉眼目昏花,头若山重,不知不觉伏案昏睡。朦胧中,只见自己身躯突然起在半空,乘坐着一头神羊往西南方飞奔。约莫奔跑了三四里,神羊突然降下云头,在一座掩映于参天古木中的道观前停住。元璋下了羊背,抬眼望时,只见观门上悬一匾额,上书"金华观"三个大字。步入观门,见观中大殿祀奉着两尊仙像。左边一尊是个老仙翁,银发道髻,面色严古,鹤袍披身,仙帚拂肩,身后壁上衬一幅"呼风唤雨图";右边一尊是个壮年仙人,黑发黑须,面带微笑,左手执仙帚,右手亮金丹，道袍加身，身后壁间衬一幅"松下牧羊图"。元璋不知二位仙人名姓，欲问讯又四下无人。正纳闷间，只见庙左墙根陡起青烟，烟中走出了本保土地。土地公公笑呵呵地对元璋道："君家欲知二仙是谁吗？待老朽告知于你：左边这位，乃大名鼎鼎的神农时雨师赤松子仙翁；右边这位，乃有求必应的百福神黄大仙。欲问心中事，虔诚拜神仙，君家就燃香一拜吧。"土地言毕，倏忽不见。

元璋本是胸怀博大、气吞山河之人，对宗教之事似乎从不介怀，然眼前所见，件件奇异，使他情有所动。于是他就从案上取香三炷，点燃拜毕二仙，又默诉了心中所虑，求二仙指示迷津。拜仙方毕，只见黄大仙开言道："施主听着，今给你偈言四句，日后必验。"元璋慌忙道："弟子恭听仙示。"只见黄大仙一挥仙帚朗声道："浮云小蔽日，无须生忧怀。目疾问除炎，梅花遇春开。"元璋听罢偈言，甚是不解，正欲动问，但见赤松子仙翁开言道："仙机玄妙，时至自解。无须动问，速回营去吧。"言毕，仙帚轻拂，已将元璋掀至神羊脊背。只见神羊四蹄一蹬，驮着元璋飞离金华观。不消半刻，便来到鹿田军营上空。此时，那神羊居然开言道："朱元璋，恕我不送了，你自回营吧。"言毕，将身一侧，把元璋自半空掀了下来。元璋吓得魂魄出窍，大叫一声，猛然醒来，方知刚才乃是梦中拜仙。他揉揉眼看帐外，已是红日东升。

朱元璋回想梦中所见，对黄大仙所赐偈言总是疑惑不解。此时，正好来了参军张中。这张中自幼得异人传授，颇谙道术，深得元璋宠信。元璋见了张中，即述以梦中拜仙之事。张中闻言，拍手笑道："巧! 巧! 实乃奇巧。"元璋见张中口中连说"巧"，神情乐不可支，便道："参军如此愉悦，莫非已解大仙偈言？"张中道："解了解了，大仙偈言正与贫道民间察访所得相吻合。主公，你说巧不巧! ""哦! 那快说来听听。"张中道："据此地百姓所言，山中有除炎茶，有清火明目之功，这与黄大仙所示'目疾问除炎'岂不正好合辙! 只要主公于百姓家购得除炎茶，患疾将士可康复矣! "元璋道："原来偈言中'除炎'二字，说的是除炎茶？"张中道："正是。"元璋复问道："那大仙偈言中'梅花遇春开'又是何意？"张中道："婺州东南城门曰'梅花门'，欲破婺城，须派常遇春将军先破梅花门，则城池可得矣! "元璋听了大喜，以手加额道："原来黄大仙连破城用兵之道都告诉我了，一梦解我两块心病，真乃圣神也。"

却说朱元璋得了黄大仙指示，兴高采烈，即命张中负责购茶。时值清明之节，除炎茶因山高天寒尚未开采，张中就在百姓家购得陈茶数百斤，煎汤给患疾将士饮用，结果一夜之间便茶到病除。朱元璋呢，只饮一壶，便拔除病根。他暗想：除炎陈茶尚有如此口味和功效，若是新茶，其效必然更神。于是，对除炎茶情有独钟。

将士康复，士气大振，使本来一脸沮丧的朱元璋神采焕发，满脸笑容，于是，他命胡大海、常遇春等将领操练人马，自己与张中备下供品、香烛，至金华观拜谢了赤松子与黄大仙，回营后，便开始谋划攻打婺州城。

过了十余日，已是谷雨时节。鹿田一带山花竞放，莺燕回翔，正是除炎茶采摘的黄金时节。鹿田村的男女老少皆提篮携篓忙着上山采茶。这边空旷处，朱元璋率兵操练，战马嘶鸣，喊杀声声，使整个鹿田显得生机勃勃，热闹异常。

这日，元璋攻城计划已定，便欲点将出兵攻打婺城。鹿田百姓听说朱元璋发兵攻城，都说他是为穷苦百姓打天下的，于是提篮携壶，冲泡一杯杯新采的除炎茶前往校场犒军。这时，高坐将台的朱元璋朗声宣布了胡大海为攻打婺城先锋。话音刚落，将领中闪出常遇春也要争当先锋。朱元璋见两将争锋，便令其比武，胜者挂先锋印。胡、常二将卷袖捋臂正欲比试，忽见百姓中匆匆走出一楼姓老者。楼老汉打个恭，对元璋道："朱元帅，若要比武，请令二将先饮下一杯我们鹿田的除炎茶，不仅有清火明目之功，而且还有提神增力、轻身换骨之效。二将喝茶后比试，岂不更显神威！"元璋听罢，高兴地对楼老汉道："好好好，先饮茶，后比武。"楼老汉见元璋允诺，急叫乡亲们献茶。元璋见百姓们如此热情，便令将士一同品茶。

朱元璋接过楼老汉手中的一杯除炎茶，但见汤色嫩绿，汁如碧乳，清香扑鼻，便呷了一口。茶汁入口，微苦微甜，满口生津，精神顿时振作，于是连赞"好茶好茶"。

　　这时，胡大海、常遇春也已喝茶一杯，于是二人便开始比试。先是比箭，各射三箭皆中红心，未分胜负。后又双双举起千斤大石，又未见高下。

　　元璋见二将平时只有八百斤力道，今日突然能举起千斤巨石，心中已知除炎茶不凡的提神功效，于是对全军将士大声说道："愿举石的都举来给本帅看看。"将令一出，将士们争先恐后，都选择自己力所能及的石块高高举起，刹那间，校场四周的千百块大小岩石竟被一举而空，把整个校场变成了一座石林。元璋见士气如此高涨，军卒个个都成了小老虎，兴奋至极。他对着鹿田百姓激动地道："乡亲们，你们的除炎茶救我将士，壮我军威，实乃茶中圣品。今日比武夺印，品茶举石，情景动人。现在我给大家念四句顺口溜怎么样？""好！好！我们正听着呢。"百姓们异口同声地道。于是，朱元璋提高嗓门朗声念道："比武夺印举巨石，除炎助我打江山。为报乡亲情一片，来日贡茶选举岩。"鹿田百姓见朱元璋将除炎茶命作"举岩茶"，顿时欢声雷动，掌声不绝。

　　且说朱元璋见胡大海与常遇春比试结果未见高下，于是就以拔筹定夺。后来头筹被胡大海拔得，因此就由胡大海当了先锋，常遇春为二路先锋，负责攻打梅花门。此次出兵果然一举而破婺州城。

　　朱元璋后来扫平天下坐了龙庭，倒也蛮讲信用，真的将举岩茶列为贡茶。自此，"除炎神茶"便换戴上"举岩茶"的桂冠。

从上文的叙述中，我们可以非常清楚地发现，黄大仙传说的传承与变异就是在文字记载明线和口头传布暗线的交错作用中进行的。

文字记载以修炼成仙为主要内容，夹以少量的黄大仙生平和显圣故事，宋代之后，有关地方风物的记载也有所增加。"典籍记载自始至终都保存着或试图保存葛洪《神仙传》中皇初平的典型故事结构模式，即使增加了内容，也是为这一结构模式的故事添加合理性的解释，几乎没有变异故事的中心结构。而文人的诗歌吟咏系统，在确认典籍记载正统性、权威性的同时，往往又在不经意之中拓展着自己所看到、听到的内容，因此，不同时代文人的诗歌吟咏系统，常常拥有不同的角度或增加了的内容。这些内容，可以想像，大都来自于民间文学的传说系统"。

而民间文学的口耳相传则对黄大仙的生平、修炼、惩恶扬善、显圣、地方风物等方面都有非常具体、丰富、形象的讲述，弥补了典籍记载和诗歌吟咏系统的缺陷。尤其是黄大仙运用法术去惩治贪官、扶弱助贫和造福一方百姓的相关传说，是另外两个系统所没有的，属于民间文学系统中最具特色、最有道德感的内容。

总而言之，没有典籍记载和文人吟咏，黄大仙不可能产生如此巨大的影响；没有民间文学传说系统，黄大仙则不可能有如此巨大的生命力。

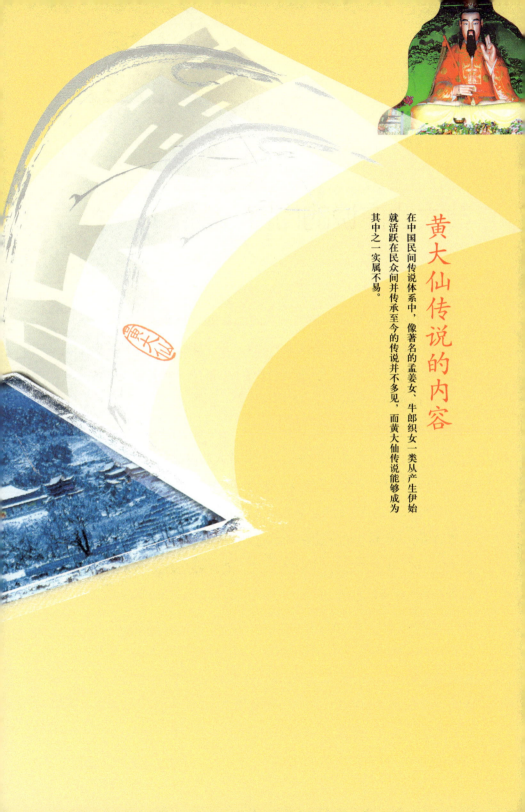

黄大仙传说的内容

在中国民间传说体系中，像著名的孟姜女、牛郎织女一类从产生伊始就活跃在民众间并传承至今的传说并不多见，而黄大仙传说能够成为其中之一实属不易。

黄大仙传说的内容

在中国民间传说体系中，像著名的孟姜女、牛郎织女一类从产生伊始就活跃在民众间并传承至今的传说并不多见，而黄大仙传说能够成为其中之一实属不易。尽管流传在民间的黄大仙传说文本各异、数量众多，但概而论之可以分为下述五个方面。

[壹]生平事迹传说

关于黄大仙生平事迹的传说是所有黄大仙传说中最为丰富多彩的，该类传说主要是解释黄大仙在金华北山牧羊修炼得道之前的一些事迹，突出黄大仙与生俱来的奇和异。如《初平出世》讲述了绿毛仙龟下凡后扮成丢了银子的失主、饿昏的老太婆，终于试出讨饭的黄九丐（黄大仙之父）和砍柴为生的梁伯义的良心，玉帝据此赠仙胎于黄九丐之妻，生下黄初平、黄初起兄弟俩。《羊伏箱》描写的是黄初平顺利通过了太白金星的试探，他聪明、善良、疾恶如仇、乐于助人的品格得到了太白金星的认可，进而获得玉皇大帝的赞许并赋予他广施财运的灵气。《避雨遇道》则展示了黄初平善良的品性以及聪明、机智的素质，也表明了黄初平成仙的必然性。黄大仙避雨巧遇道士，应道士的请求，历尽艰难险阻将他背到朝真洞。途中，黄初平的聪明才智得到了道士的赏识，最终他跟随道士修炼成仙。《引虎救人》则是说少年黄大仙胆识过人，面对凶猛的饿虎，采用机智的方法将其引走，终于救下同伴和羔羊，自己也脱险回家，表明黄大仙生而异能、非同凡响的秉赋。《忍痛割爱》讲的是黄大仙在学道修仙时，因帮助笙儿母女而与笙儿结缘，产生情愫，但因自己的身份不得不忍痛割爱，舍下笙儿继续修道的故事，将黄初平作为凡人的一面淋漓尽致地表现了出来。

　　这类故事在最大限度上弥补了《神仙传》中有关皇初平生平的不足，生而为人、修炼得仙的主题更加突出。

初平出世

　　东晋时，风气勿正，凡间乱。玉皇大帝晓得了，就派绿毛仙龟下凡，择户善良人家，赠个仙胎，为凡间做个"好有好报"的榜样，让凡间人都学好。仙龟领了玉帝旨意就下凡了。

　　这日，仙龟来到浙江金华北山双龙地界，一打听，晓得北山有两个好人，一个叫梁伯义，住在北山后面，夫妻俩靠砍柴度日；一个叫黄九丐，住在鹿田村东的山神庙里，是个讨饭的。这个仙胎该赠哪户人家呢？仙龟定不下，就准备试试两人的心肠后再定。

　　一日，仙龟去试黄九丐，变了一包银子丢在路上。黄九丐看到银子，就守着等失主。一等等了三日三夜，肚皮饿了就摘山楂、毛栗吃，口渴了就喝泉水，旁边地里有萝卜勿拔，有番芋勿挖。直到仙龟变作失主寻来领回银子，九丐才踉踉跄跄地回家。仙龟试过黄九丐，又去试梁伯义，它变作一个饿昏的老太婆倒在路上。这日，梁伯义挑着一担柴从山上下来，见路中央有个老太婆饿昏了，就从柴担上取下饭蒲包，拿出剩下的两个苞萝饼给变作老太婆的仙龟吃。仙龟吃了饼，又说肚皮痛，伯义顾勿得挑柴，把仙龟背到家里去照料了。仙龟试过两人，觉得两个人良心都好，还是定勿落该把仙胎赠哪家，就准备再试试。

一日，梁伯义又上山砍柴啦，仙龟暗自跟着伯义来到山上，把伯义蒲包里的饭偷吃了。结果仙龟让伯义抓住，伯义抽出柴刀要斩仙龟的头，仙龟说："伯义，你良心好我晓得了，头嘛勿要杀，我给你一只眼睛你就有福享了。"伯义连忙问："给我一只眼睛怎么会有福享？"仙龟说："我这只眼睛是神眼，你如果把我这只眼睛挑破，把血水沥在你的眼睛上，你就可以看透山川龙脉，成为一个天下第一的风水先生。到那时，你柴勿用砍，人家都用轿子来接你去看风水，又省力，又赚钱，还勿享福呀！"梁伯义听了大喜，就用两腿把仙龟夹牢，折了一枚金刚刺，嚓嚓两下，把仙龟两只眼睛都挑破，取血水沥在自己的双眼上，随即把仙龟摔下了万丈岩头。然后他眨眨眼，嗬！真当灵，山川龙脉果然看得灵灵清清。这样，梁伯义就专门看风水啦。

　　黄九丐听讲北山后面出了个风水先生，想想自己家九代单丁独子，九代讨饭过日，估计是祖宗坟地犯凶，就请梁伯义来看看。梁伯义一看，见九丐祖坟坐落于伏兔山，面朝金星山，要出神仙，就想把这块宝地霸占过来。他对九丐说："九丐啊，勿瞒你讲，你的祖坟是犯凶啊！还是移移好。"九丐说："那就请梁先生给我择个吉利的地方吧。"伯义想：要是我霸了黄家的风水宝地，将来让他晓得了，一定要和我结仇，不如趁移坟时，弄个犯凶地方把黄家灭掉算了。主意打定，就指着一个岩石似箭样的地方说："要是把祖坟移到那里，你后代就可出武官了。"九丐说："就请梁先生做主。"

　　梁伯义于是把九丐祖坟移到那个叫"万箭灭族"的山上，私下里把自己祖宗的骸骨移到伏兔山。当日夜里，突然一个响雷，万道闪电，落起了大雨。黄九丐和老婆连忙开门，看看祖坟是否被天雷打掉。刚把门打开，一道闪电射在九丐老婆的肚皮上，九丐老婆只觉得肚子发胀，就关上大门回房去了。

　　第二日五更，九丐去看祖坟，只见对面山上箭一样的岩石都竖了起来，远远看去好像万炷香火。而伏兔山上梁伯义新迁的祖坟则被天雷打了一个大洞。

　　到了第二年，就是晋咸和三年（328年）八月，黄九丐的老婆生了一对双胞胎，哥哥叫黄初起，弟弟叫黄初平。

　　原来这是绿毛仙龟回到天上，跟玉帝禀报后，玉帝赠给黄九丐家的两个仙胎。黄初起、黄初平出世的那天夜里，良心变坏的梁伯义双眼就瞎了。

讲述：傅讨饭

搜集整理：马　骏

（摘自陈晓勤、郑土有编《中国仙话》[1]）

羊伏箱

苏东坡有一首《顾恺之画黄初平牧羊图赞》，其中最末一句是"先生止呼羊伏箱"。意思是说，黄大仙叱羊成石的喝声一停，那些羊就一动不动伏在一边，变成石头了。古时"箱"通"厢"，"厢"就是"这边"或"这里"的意思。

不过，在民间却还有另一种羊伏箱的传说呢。

相传当时天上的太白星君时刻关心着黄初平的成长，见他边放羊边读书，钻研道教非常专心，连最漂亮的女孩子站在他身边也不动心。他渴了饮山泉，饥了食松脂，可谓不贪吃、不贪色、不贪懒。不过太白星君还要考验他，看他贪财不贪财。

这日，黄初平放着羊正坐在树下看书，忽见一道金光从山下飞到他面前，当的一声落下一只小箱子。他打开箱子一看，里面全是金

---

[1] 陈晓勤、郑土有编《中国仙话》，上海文艺出版社，1994年，第305—307页。

银财宝。黄初平甚感奇怪，他站起身朝山下望去，见一个财主正对家奴吼叫："快，快到山上去，把珠宝箱给我找回来！"原来这箱子里面的金银财宝是财主到处搜刮来的，当他捧回家时，遇上一阵狂风，把箱子刮到山上去了。

黄初平知道这个财主不是个好东西，这箱子里面装的必定是不义之财。现在眼看财主的家奴马上就会冲上山来抢箱子，便朝不远处的一块大石头轻喝一声，那块石头转眼间变成一只羊，那羊儿跑到初平身边衔起小箱子回到原地，将身子伏在箱子上。初平又轻轻一吆喝，羊又变成了石头，把小箱子全盖了，不露一丝儿痕迹。等那财主和家奴们赶到山上，怎么也找不到那只宝箱，只得下

绿荫掩映的黄大仙祖宫

山走了。

这事儿，太白星君看得清清楚楚，心想：我看你黄初平下一步怎么处理这箱财宝，是不是会据为己有呢？

谁知当天晚上，黄初平装扮成一个卜卦老头，捧着改装过的箱子来到附近村里，专挑穷苦人家及有病人的农家，开箱赠送金银财宝，而有钱人向他索要，他则一毛不拔。太白金星看在眼里，喜在心里，将此事禀报玉帝。

后来，黄初平修成正果成了大仙，玉皇大帝非常信任他，就赋予他广施财运的灵气。从此，黄大仙就成为人们求财得财、求利得利的富贵神仙了。

整理：章竹林

（摘自石夫编《赤松黄大仙》[1]）

避雨遇道

黄初平十五岁那年春天，他娘叫他到山下市镇上籴米。当他挑着三十斤米回去时，天突然下起了雨。黄初平怕米淋湿了，就在路边一个浅石洞中避雨。他刚刚放下米担，就听见对面哎哟一声，循声望去，只见一个白胡须道士滑倒在山路上。他连忙跑过去把老

[1] 石夫编《赤松黄大仙》，南海出版公司，1995年，第147—148页。

黄大仙祖宫的正殿

道士背到石洞里。道士有气无力地对他说："好后生，你好事做到底，把我这老骨头背到朝真洞去好吗？"初平说："好的，等我把米挑回家就来背你。"道士说："我的肚皮已经饿得贴着背脊啦，等你把米挑回家再来背，恐怕我饿都饿死了。"初平说："那好，等雨稍微小些就背你。"道士说："如果三天三夜雨勿停，那我还不是照样饿死？"说完便要走。初平看到道士步履艰难，就只好背着道士上山去。

　　翻过一道岭，前面是道涧。这时节，山涧里的水又浑又大，人要过涧随时都有被冲走的危险。初平想等水小些再过涧，刚刚这样一想，老道士就说："小后生，这水要是三天三夜勿退，我还不是照样饿死？"初平没办法，只好咬紧牙关背着道士过涧。说也奇怪，初平的脚踏到哪里，哪里的水就只有脚背介深。过了涧，初平背得满身是汗，可是老道士还一股劲催他快些。背着背着，来到大禹庙前，初平想：要是在庙里歇歇就好了。刚刚这样一想，老道士就对初平说："小后生，你想歇就进庙歇歇吧，我也憋得透不过气来啦。"

　　两人在庙里歇了一会儿，只见老道士东看看、西张张，抓了把烂稻草在墙上一擦，墙上马上映出一首诗来："大雨连天老朽危，有人解难背我归。仙胚若愿抛故里，缘结仙班乘鹤飞。是是非非总难了，黄泥岭上情难离。初出修道举羊鞭，平了邪气树正气。"

　　这时候，黄初平正低着头记挂着石洞里的两袋米，道士好像又晓得他的心事了，笑着说："小后生，米勿会有人偷，你家里已经向隔壁邻居借了米，不会等你的米烧饭咯。来来来，这墙上有首诗，你能看出其中的奥妙吗？"初平从小喜欢诗文，一听说诗，就连忙看了一遍。看完后，他高兴得一把箍住老道士的腰，说："道长师父，难道我将来能当神仙？"道士说："我是问你这首诗有什么奥妙，又没讲你将来会不会当神仙。"初平说："这是一首藏头诗，取这八句诗的第一个字，不就是'大有仙缘是黄初平'吗？我就叫黄初平，所以我问你能不能做神仙？"老道士听了，暗暗高兴初平的聪明，又看初平相貌堂堂，说："看来你可以学道修仙啦！"初平高兴得一拍大腿，对道士说："道长师父，等我把米挑到家里，向父母要点盘缠，就跟你学道修仙去。"道士说："要去就不能回家了。你的米我已经给你带来，盘缠么这庙中就有，就看你能不能找出来。"说着，又抓起一把稻草在大禹握的那把神铲上擦了一下，铲上马上映出两行字："东七里，西七里，元宝就在七七里。"初平看了，指着大禹握的那把神铲柄说："师父，元宝就在这神铲柄里。"道士说："你怎么晓得在这神铲柄里？"初平说："'东七里，西七里'是用来迷惑人的，第二句说的才是放元宝的真地方。'七'和'漆'同音，'七七里'就是'漆漆里'。这庙中只有这铲柄涂过漆，所以说，元宝就在这神铲柄里。"老道士连说："聪明！聪明！"从神铲柄里取出一个金元宝递给初平，说："给你派用场吧。"初平接过元宝问道士："道长师父，你说我籴的两袋米你带来了，怎么我总没看见！"老道士指指大禹塑像的身后，说："喏，在那里。"初平过去一看，哪里是什么米，原来是一袋松脂、一袋茯苓。道士见初平感到奇怪，就解释说："学道修仙要吃这两样东西，不吃菜和饭了。"初平说："就听师父的。"说完，挑着松脂和茯苓，就跟老道士到北山的一个石室中修仙学道去了。

这个道士是谁？有的讲是当年那个绿毛仙龟，有的讲是太白金星，到底是谁，一直到现在也无人晓得。

搜集整理：马　骏

（摘自陈晓勤、郑土有编《中国仙话》[1]）

救人引虎

黄初平十岁那年，他和同村的五六个小孩到后山放羊。当时正好是山楂、毛栗成熟的时节，这班小孩把羊一放，就东钻西窜摘山楂、毛栗去了，只有初平坐在岩塔背看书。

这时，突然听到那班小孩在喊："啊，老虎，老虎来背人啦！"喊声未歇，就传来一声虎叫。初平连忙丢掉书本，捋起野竹做的羊鞭，朝出事地方赶去。只见一只小水牛样的老虎，龇牙咧嘴向小孩们扑去。就在这时，初平跳近老虎，顺手朝老虎脸上抽了一鞭。这一鞭正好抽在老虎的眼睛上，老虎眼前一黑，往山下滚了几丈远。这时，初平连忙对那几个小孩喊："你们快逃，回去叫大人来。"说完自己故意喊叫着弄出响声，朝与孩子们相反的方向跑去。老虎这时竖起耳朵听人声，一听初平这边响声大，就一纵一纵去追初平。老虎赶了一程，突然听到隔壁山背上有羊的叫声，就丢下初平，想去抓羊吃。初平见老虎要去吃羊，就连忙抱起自己家的一只小羊，

[1] 陈晓勤、郑土有编《中国仙话》，上海文艺出版社，1994年，第310—312页。

一边把小羊打得咩咩叫，一边飞快向另一方向跑。老虎一听初平这边羊叫得响，便又朝初平这边追来，没几纵就追上了初平。这时初平正好跑到一株脸盆粗的松树下，连忙爬上松树。老虎一纵扑来，前爪抓脱了初平一只鞋；老虎还想再抓，初平已爬到树顶的一个大丫杈上了。

老虎没抓到初平，火性来啦，张开畚箕一样大的口，咔嚓咔嚓咬松树。老虎的牙齿好比钢凿，咬了一会儿，松树干已经会摇了。就在初平吓得脸色铁青的时节，老虎突然勿咬了，啥道理？原来老虎的口里、喉咙里黏满了松脂，又苦又涩，弄得它眼泪鼻涕都流出来。它竖起耳朵一听，听见山涧流水声，就跑到涧边洗嘴巴去了。

老虎洗过嘴巴回到松树下，又用力咬了一阵，然后，把身子退后一丈光景，纵身朝松树撞去，哗啦一声，松树倒了下来。老虎呼的一记蹿上去想咬人和羊，可是只咬着一件衣服。原来，初平趁老虎洗嘴巴时已经逃回家去了。

讲述：傅讨饭
搜集整理：马　骏
（摘自陈晓勤、郑土有编《中国仙话》[1]）

[1]　陈晓勤、郑土有编《中国仙话》，上海文艺出版社，1994年，第307—308页。

忍痛割爱

早先，金华山一带有这样一首歌谣："山有情，水有性，人非草木不无情；神仙也有风流事，韦陀曾经爱观音。"

据说黄大仙刚刚学道时，也有过一段爱情。这首歌谣是他和牧羊女笙儿相爱时的情歌呢。

黄初平十五岁那年，让一个老道人带去学道修仙了。这日，他来到赤松岭上，听见松树林里传来一阵呜呜的哭声。黄初平朝哭声中寻去，来到一个小村里，见一户人家被火烧光了。离火烧屋勿远，摆着两个头发、眉毛都被烧光了的死人。一个四十岁左右的妇女和一个十三四岁的姑娘跪在两个死人面前哭。初平看到这个场面，心里难受得鼻子发酸，流着眼泪问在场的一位老人是怎么回事。老人告诉他，这户人家姓叶，当家人是个有名的蛇医。去年，为了救一个让五步蛇咬伤的乡亲，他用嘴去吸蛇毒，结果自己中毒病倒了。家里地里全靠老婆张氏操劳。张氏的婆婆是个瞎子，昨日张氏到田畈里做生活，婆婆见媳妇忙不过来，就帮助媳妇烧夜饭，结果失了火。老人还告诉初平，烧死的两个人就是张氏的婆婆和丈夫，那个小姑娘是张氏的女儿笙儿。初平心想：师父叫我到这里好好学道，我该学什么呢？蛇医为了别人不顾自己，这不是我学道的榜样吗？他下决心要帮张氏重新撑份好家当。当下他就拿出一个金元宝对张氏说："张婶婶，勿要太伤心，还是早些料理了后事要紧。这点小意思就算我黄初平给你们的撑家本钱。如果婶婶勿嫌我年轻勿懂事，山上地里的生活我帮你们做几年。"张氏见初平赠她家金元宝，还要帮她做几年生活，很感激，就和笙儿一起跪下拜初平。在场的乡亲也都讲初平好。

三年过去了，张氏家里样样实用家伙都办得簇新，还盖了新屋，养了一群羊，日子比以前过得还好。这时，初平已经长成一个大后生，笙儿也长成了一个漂漂亮亮的大姑娘，初平还教笙儿认得了不少字。笙儿常想：初平哥哥又聪明又勤劳，有品有貌有学问，他要是勿嫌我粗里粗气，能一辈子住在我家就好了。初平呢，见笙儿天真活泼，手脚勤快，越变越俏，心里也很喜欢她。张氏更巴不得初平能做自己的女婿。但"三人三枚钉，各有各的心"，都只是心里想想，谁也不肯开口，后来还是笙儿先表露了情意。

有一日，笙儿与初平一起上山放羊，笙儿看看满山红艳的杜鹃花，碧绿的青草，雪白的羊群，又看看英俊的黄初平，高兴地唱起了金华山歌："春风吹绿草青青哎，青草喂肥羊一群啰。阿哥胜比春风暖哎，吹得我家福满门啰。小妹有话不敢说哎，阿哥可知妹的心啰。"

初平正在石塔背看书，一听笙儿唱起了山歌，也高兴地回唱："哎……赤松株株高入云哎，只因岭上黄泥深啰。阿妹家中五业兴哎，全靠娘囡双手勤啰。阿妹深情有人领哎，何必要试阿哥心啰。"

笙儿听初平歌中有爱她的意思，高兴得不得了，又随口唱了一段："哎……阿哥领情妹高兴哎，脸上红霞似云彩啰。哥哥讲话要算数哎，但愿不作兄妹称啰。"

初平一听，晓得自己刚才的歌有点不对路，就又唱了一段解释："阿妹不该看错人哎，黄莺空对菩萨鸣啰。阿哥学道已出家哎，这世不生儿女情啰。"

笙儿一听，心里很难受，但又勿死心，又对初平唱了一段："山有情来水有性哎，人非草木不无情啰。神仙也有风流事哎，韦陀曾经爱观音啰。"

初平和笙儿对歌，被地里做生活的乡亲们听见了，乡亲们也巴不得他俩能结成一对，就高兴地把他们对歌的事告诉了张氏。张氏一听，乐得嘴巴像开口大栗，一天到晚笑眯眯。还特地叫笙儿到镇上为初平买了一套新衣裳，准备让初平和笙儿早日成亲。就在笙儿高高兴兴地把新衣裳买回来的第二日五更，初平不见了，只见房中扫得干干净净，床上的被子叠得方方正正，平时给初平换洗的衣裳一件勿少，穿破的衣裳还缝了补丁。桌上放了一张纸条，张氏一看，呆了。笙儿连忙夺过纸条，只见上面写着："娘、妹：我在你家三年，娘对我好比亲骨肉，妹待我好比同胞手足，初平一世不会忘记。妹妹的心意我晓得，但是我是出家人，儿女之事这世勿想。我去深山学道，后会有期。娘、妹保重！"

笙儿看完，好像当头挨了一棍，哇的一声哭起来了。她把初平留下的话跟娘一讲,张氏也像断了肠碎了肝一样,呜呜痛哭起来。娘囡俩一边哭,一边飞快向门外追去。来到赤松山顶,张氏大声喊:"初平——恩人! 你在哪里呀!"笙儿更是高声叫:"初平——恩哥! 你在哪里呀? 我要送送你啊!"她俩喊了半日也不见初平应答,听见的只是山谷的回音。

讲述:楼和银

搜集整理:马 骏

(摘自陈晓勤、郑土有编《中国仙话》[1])

[贰]修炼成仙传说

这类故事详细讲述了黄大仙如何获得叱石成羊的法术,如《叱石成羊》,它将《神仙传》中的皇初平获得叱石成羊法术演绎得真真切切,并突出其动机是救人和不让虎豹之类将羊叼吃,为百姓做点好事。一般而言,黄大仙叱石成羊仅仅是一种法术,至于他是如何成仙的,有一则《撞石升仙》的故事便讲述了这质变的过程。当然,故事中介入了观音、玉帝等所谓关键性的人物,它表明了民间对于成仙的特有看法。成仙时所撞之石现在还留在金华北山,民间传说也就变得更为有板有眼、有迹可寻。

---

[1] 陈晓勤、郑土有编《中国仙话》,上海文艺出版社,1994年,第313—316页。

叱石成羊

黄初平刚开始学道的头两年，每天替师父放羊。

有一日，初平对师父讲："师父，别人学道都学些法术，我怎么老是放羊? 你教些法术给我好吗?"师父问："你想学啥法术?"初平讲："我要学变羊为石、叱石成羊的法术。"师父一听，很勿称心。心想：一定是初平贪玩，把羊变作石头，他就好东游西逛了。就沉着脸说："哼! 你还没玩过瘾是吗? 你讲，前天的四只羊是怎么丢的?"初平说："前日我听见山洞里有人喊救命，跑去一看，是一个放牛的小孩掉到水潭里。我把他救上岸，见他快断气了，就把他倒挂在牛背上，牵着牛走动，小孩吐出肚里的水才活过来，后来又把他送回家。想不到四只羊被豹子吃了。师父，我学变羊为石、叱石成羊的法术，不是为了玩，是想多为百姓做点好事，又不丢师父的羊啊!"讲完，一下子跪在师父面前。师父一听，心中感动，连忙扶起初平道："徒儿，师父错怪你了。从明日起，就教你变羊为石、叱石成羊的法术。"

初平学了两年，法术学到家了。他到山上一试，真当很灵。初平学会了变羊为石、叱石成羊的本事，为当地百姓做好事更多了。

有一日，初平的哥哥初起来看初平，初起问："弟弟，听讲你学道修仙专门放羊，你放的羊呢?"初平把羊鞭一指，说："喏，羊在前面山上。"初起一看，哪里有什么羊，满山满坞都是白石头，就对初平说："那是白石头，怎么是羊呢？"初平哈哈笑着说："你看，那不是羊吗？"说完，把羊鞭啪的一挥，只见山上那些白石头都动起来了，有的在戏耍，有的在吃草……初起一看，真的是羊，就要求弟弟带他一起学道修仙。初平和师父一说，老道士又把初起收为徒弟了。

据说初平后来升了仙，把化作白石头的羊就留下了，这些"羊"现在还在卧羊山呢。

搜集整理：马　骏

（摘自陈晓勤、郑土有编《中国仙话》[1]）

黄大仙叱羊成石

赤松乡钟头村的东面有座山，山上有许多大小差不多的石头。一块块石头像一只只羊，远远看去，好像一群羊伏在那里。怎么会有这么奇怪的石头呢？这里还流传着这样一个传说。

相传晋朝时钟头村赤松宫里有一个道士，一次他来到金华城里，看到一个后生相貌蛮漂亮，就上前打听。晓得他名叫黄初平，是到城里来玩的。道士看他不比一般人，有出头之日，就收了他，把他带到钟头山这地方。结果，黄初平就在对面的山上一边放羊，一边跟道士修仙了。

---

[1] 陈晓勤、郑土有编《中国仙话》，上海文艺出版社，1994年，第317—318页。

　　过了好多年，哥哥黄初起上山来看弟弟。分别多年的兄弟一见面，都呆住了，弟弟仍旧像个二十来岁的后生，哥哥呢，胡须都快白了。哥哥实在奇怪，问弟弟："你怎么不会老呀？"弟弟说："我常常住在山上，吃的是松脂，一面放羊，一面修仙，就这样长生不老的。""有这么好的地方啊？"哥哥羡慕不已，弟弟说："你愿意就同住在山上吧。"从那时起，兄弟俩就在一起修炼了。哥哥会做花瓶，常常从山脚下挖泥，一边做，一边丢，做了许多许多。

　　这样又过了好多年，兄弟俩都修成了神仙。有一日，黄初平想试试自己法术怎么样，就站在山顶上一声吆喝，说来也奇怪，即刻轰隆一声巨响，黄初起做的花瓶飞得不见了踪影。黄初平大仙所放的羊呢，都伏在那里一动不动了，不管你喊它还是赶它，再也起不来了，慢慢地就变成了一块块石头，散布在这座山上，后来大家就把这座山叫作"卧羊山"了。而那些花瓶呢，直到现在，在卧羊山上开山时，还可以找到几只。据说，用这种花瓶来插花，过二十日，花都不会枯败呢。

讲述：赵祖庆

整理：方黎明

（摘自石夫编《赤松黄大仙》[1]）

---

[1] 石夫编《赤松黄大仙》，南海出版公司，1995年，第154—155页。

撞石升仙

黄初平学道修仙已经四十年了,住在北山的大云观里。这时他已五十多岁,但看起来还像个后生。他心肠好,经常把辛辛苦苦种的苞萝、豆送给金华、兰溪、浦江的过路客人当点心,自己则吃松脂、茯苓;他还认得一千多种草药,为邻近乡亲医病,从来勿收铜钿。

有一日,初平吃过夜饭,刚想到观外走走,突然落起了大雨。他连忙回到观里,准备关上门。这时节见门口站着一个俊俏的大姑娘。姑娘见到初平,就求道:"师父,外面雨大,我想借观里避避雨,勿晓得师父肯否?"初平连忙说:"请姑娘快些进观吧。"姑娘进了观里,初平还热了饭菜叫姑娘吃夜饭。

姑娘吃过夜饭,雨还是落勿歇。这时天黑了,初平问姑娘:"你一个女子,为啥单身到这深山冷坞里来呀?"姑娘哭着说:"我是山脚下人,父母死得早。村里有个男的,见我没依靠,就逼我嫁他。没办法,我只好先到兰溪娘舅家里避避风头,想勿到走到这里碰上落雨,真谢谢师父给出门人方便了。"初平看看雨么勿停,天么已黑,心想:叫这姑娘走,怕出意外;不叫姑娘走,观中就自己一个男的,而且只一张床铺,夜里怎么安排她困?想来想去想不出办法。这时候,姑娘又求道:"师父,这里到兰溪还有四十多里,外面天黑又落雨,我一个人怕走夜路,请师父行行方便,借我在观里住一夜吧。"初平看看这姑娘实在可怜，就安排姑娘困在房里床上，自己困镬灶下。

到了半夜光景，初平刚想合眼，只听房门吱的一声开了，那个姑娘持着蜡烛走到镬灶下，对初平说："师父，你把好床铺让给我，自己困镬灶下，我想想实在过意不去，还是你困床上去。"初平说："你是客人，明天还要走许多路，床上养力。还是你困床上，勿要多心。"姑娘只好回到房里。初平刚听姑娘把房门砰的一声关上，就听房里传来姑娘喊"救命"的声音，连忙赶到房里，问姑娘为啥喊"救命"，姑娘说："师父，你房里有妖怪。刚才我正想上床，床底下突然伸出一双毛茸茸的手，把我双脚抱住。"姑娘说着，一头扑到初平怀里，要初平陪她困觉。初平见这姑娘作风勿正，一把将她推开，火了："你这姑娘真勿识相，我好心留你歇宿，你却这样乱来。再要这样，我马上赶你出观。"姑娘见初平发火，只好低着头，红着脸，上床困觉了。

第二天五更，初平烧好洗脸水，叫那姑娘起床洗脸。姑娘洗了脸，讲了一声"谢谢师父"就出门朝兰溪方向去了，初平叫她吃早饭也没吃。这时，初平去倒洗脸水，见脸盆里有对金手镯，晓得是那个姑娘的，拿起金手镯就去追，一边追一边喊："姑娘，你的金手镯丢了！"可是任凭初平喊破喉咙，姑娘连头也勿回。讲起来也奇怪，初平追得再快，总和姑娘相差五六十步路。当初平追到北山顶盘前村后的鸡笼山上时，只见姑娘一个金鸡独立，站在路边的一块大石头上。初平见姑娘停步，追得更快了。看看追到大石旁，初平突然脚下被什么东西一绊，一头撞在大石上。这一撞，姑娘不见了，初平也不见了，只见天上一朵彩云，一朵白云，慢慢朝东面飘去。

这个姑娘是谁呢？原来她就是南海观音。观音菩萨听说黄初平做人好，就化作一个俊俏姑娘来试他。她见初平不爱色、不贪财，就按玉皇大帝的旨意，度初平升仙去了。

现在鸡笼山那块大石头上的头印和手掌印，就是当年黄初平撞出来的，石头背那只脚印，就是观音娘娘留下的。

讲述：郑基水

搜集整理：郑基云

（摘自陈晓勤、郑土有编《中国仙话》[1]）

[叁]惩恶助弱传说

大仙除了拥有法力无边的仙术之外，必定还有造福于一方民众或救百姓于水火之中的善举，否则很难让地方民众崇信他。典籍记载或文人吟咏只重结果，往往忽略了之所以有这种结果的过程。民间传说系统将这一过程展示在公众面前，从而使黄大仙变得可信、可亲、可爱，具有了人情味。《仗义取银》讲述一位教书先生辛苦一

[1] 陈晓勤、郑土有编《中国仙话》，上海文艺出版社，1994年，第319—320页。

年的工钱被讲蛮话的人骗走，准备上吊自杀，黄大仙则同样以讲蛮话的方式赢回了银子还给教书先生，救了他一命。《惩贪官》和《补垄》以巧妙的方法惩治了贪得无厌的县太爷等人。《剑劈珠宝山》讲述了黄大仙救助百姓、惩治贪得无厌的财主的故事。《大仙救阿囡》、《济世治病》、《五仙岩寻药》等则讲述黄大仙用他从师父那儿学到的医术救治病人。而《清水潭》等传说，则讲述黄大仙造福于一方百姓的故事。正是这种故事令统治阶级也不得不承认黄大仙的特殊地位，宋代时的两次获封，便是这类传说产生影响的结果。所谓"汲井愈疾，益广救人之功"，"祈晴祷雨，则随感随通"，便是其不经意间留下的明证。

仗义取银

有一年快过年的时节，北山落了一场厚雪。黄九丐年纪大了怕出门，就叫初平到市镇上籴米过年。初平走到离市镇不远的一个凉亭里，见一个教书先生要上吊，初平一面夺下绳子一面问："先生为啥要寻死？"教书先生流着眼泪，跟初平讲了他要上吊的原因。

原来，这个教书先生在外地教了一年书，带回二十两银子准备过年。当他经过前面一个市镇，见一个蛮话先生摆摊讲蛮话。教书先生想：天下哪里有书理讲不过蛮话的？就去与摆摊的人赌讲。蛮话先生说："要跟我赌讲，就要押出二十两银子。"教书先生就把二十两银子全部押上了。蛮话先生呢，倒也硬碰硬，自己也押上二十两银子。押好后，蛮话先生说："我讲蛮话，你讲书理，谁赢就把押的银子归谁。"两人议定后就开讲了。

　　教书先生一思考，指着一株大柳树念："柳树青时万张叶。"蛮话先生连忙说："先生，对不起，你输啦。"一边说一边就把押的银子全部收去。教书先生问："我输在哪里？"蛮话先生讲："我就勿

俯瞰赤松黄大仙祖宫

相信前面那株柳树青的时候刚好是一万张叶，你勿服输，就把脱落的和留在树上的叶摘来数。"教书先生气坏了，连忙说："'万张叶'我是形容多呀，这样蛮缠怎么行呢？"蛮话先生讲："讲话嘛，要实实在在，怎么好形容呢？你说我蛮缠，我本来就是靠蛮缠吃饭的嘛！"教书先生没办法，只好白输二十两银子。他想想自己一个教书先生，还弄不过一个讲蛮话的；再说没银子拿回家，老婆孩子怎么过年？真是又倒霉又对勿起家里人，所以就在凉亭里上吊啦。

初平听教书先生一讲，很勿服气，对教书先生说："先生，你在这里等，我帮你把输掉的银子取回来。""你？"教书先生对十几岁的初平还有些不放心，初平说："先生放心，我袋里有籴米的银子，先押上再讲。"说完就到市镇上去寻蛮话先生了。

蛮话先生赢了银子，正在跟别人吹牛，见一个十来岁的鬼王头要跟他赌讲，就笑着对初平说："算了吧，教书先生都输给我，你介小年纪还想到我头上捡便宜。"初平说："你怕输给我是不？要是怕输就给我二十两银子算了。"蛮话先生见初平蛮老气，就说："你一定要跟我赌，那就这样吧，你拿十两银子，我押二十两，省得别人讲我在小孩头上骗钱。"初平拿出袋里仅有的十两银子押了上去，蛮话先生押了二十两，两人就开始赌讲啦。初平开口就念："先生全身十斤肉。"蛮话先生连忙说："对勿起，我的身上起码有八十斤肉，你输了。"他刚想来收银子，初平一把摁住他的手，说："我讲十斤就十斤，一两勿多，一两勿欠，先生如果勿相信，就割下来称称看。"说完，就从旁边卖肉摊上取来一把刀，要动手割肉。蛮话先生见了，吓得面孔煞白，只好说："我输我输，你把银子拿去吧。"

初平拿了银子，赶到凉亭里送还教书先生。自己在市镇上籴了米，笑眯眯地回家了。

讲述：郑基云

搜集整理：马　骏

（摘自陈晓勤、郑土有编《中国仙话》[1]）

惩贪官

有一年，金华三个月无雨，老百姓求雨接龙脚，膝踝跪掉皮，县官却十分贪财，百姓死活他不管，一年到头不是东边挖古坟，就是西边寻宝贝，老百姓恨死了他。有一日，他寻到北山脚下，听讲放生塘底有个古坟，坟头里有三节金藕，就叫手下人挖。横挖直挖，古坟挖着了，但坟墓里没有金藕，只有几块死人的脚骨。他想：三节金藕一定让古坟的主人取走了。就命手下人把古坟的主人抓来，问他三节金藕现在放哪里。主人讲："大概你贪财，金藕变成死人骨头啰。"县官见他顶撞，就命手下人把他绑起来，扔进塘底那个古

---

[1]　陈晓勤、郑土有编《中国仙话》，上海文艺出版社，1994年，第308—310页。

坟洞里，准备活葬。这时节，只见一位白胡须老人走上前来对县官讲："大老爷，你只要饶了这位古坟主人，我赔你比三节金藕还要值钱的一样东西。"县官问："你是什么人？比金藕值钱的东西在哪里？"老人讲："我是徽州人，专门寻宝的，宝在哪里我自然晓得，但这里这么多人……"讲到这里，老人故意看了县官一眼。县官会意，就对白胡须老人讲："好好好，我相信你，但你要跟我一起去县衙做个人质。"白胡须老人满口答应。县官放了古坟主人，就带着老人回衙门去了。

夜里，县官请白胡须老人来到房里，问他宝贝在哪里。白胡须老人讲："宝在金华北山的活龙潭里，是个全身镶金的乌龟。"县官

黄大仙祖宫掠影

又问："乌龟身上怎么会镶金？"白胡须老人讲："喏，这个乌龟就是龙。只要把它抓住，就会下一场大雨，下一次雨，百姓就在乌龟甲上穿一个金戒指。由于它显灵的次数多，所以通身都穿了金戒指，就好比镶过金一样。大老爷如果得了它，再献给皇上，不但能落一场大雨救百姓，而且皇上还要升你三级呢！"县官听了，高兴得一夜困不着。第二天天未亮，他就坐上大轿，叫白胡须老人带路，到北山的活龙潭里去抓金乌龟了。

来到活龙潭，县官一看，这个潭只有面盆大，里面根本没有镶金乌龟，就命手下人把白胡须老人抓起来，可是老人勿见了。县官气死啦，牙齿咬咬说："哼！什么活龙潭，明明是个牛屙井。"话未讲完，只见活龙潭的水泛了起来，浑水铺天盖地向他涌来。县官吓得连忙钻进轿中，叫四个轿夫抬着逃命。逃了三四里，四个轿夫歇下轿子一看，县官早已断气了。

后来，百姓们才晓得，惩罚贪官的那个白胡须老人就是黄大仙。

讲　述：郑基云

搜集整理：马　骏

（摘自陈晓勤、郑土有编《中国仙话》[1]）

---

[1] 陈晓勤、郑土有编《中国仙话》，上海文艺出版社，1994年，第330—331页。

补　垄

有一年秋天，黄大仙回北山看望乡亲。当他来到北山脚，见路上有个老汉，双手捂着血淋淋的屁股，伤心地痛哭。黄大仙问他为啥，老汉讲："我村有个财主叫张百万，他说黄初平住过的那座庙地下有个金菩萨，强迫我们几百民工上山挖宝，结果挖了三年，连屁也没挖到一个。现在，那条垄里已挖了半里长、几丈深的沟，可是张百万还勿死心。前日，我儿子被石头压死了，张百万要我去接替儿子，我求他让我葬了儿子再去，他不但不答应，还用银子买通金华知府，告我抗交皇粮国税。那个贪官得了银子，不问青红皂白就叫手下打了我四十大板。"黄大仙听了非常气愤，决心要让张百万和金华知府吃吃苦头。

黄大仙解下背上的葫芦，倒出一粒仙丹送给老汉，自己急急忙忙去北山看个究竟。

黄大仙来到鹿田东面的山垄里，见自己当年住过的那座山神庙已被挖掉，垄里果然挖了半里长、几丈深的沟。黄大仙心里说：好啊！你这狠心的张百万。你既然会勾结知府，借刀杀人，我就给你个一箭双雕。他想好了对付的办法，就下山到金华城里去了。

第二日，金华知府突然得了头痛病，请了好几个名医也医不好。这一天，一个自称九代祖传、专门医头痛的老医生来到衙门里。一听名医上门，知府连忙巴巴结结请了进去。老医生搭了搭知府的脉，说："老爷的病一不是伤风所致，二不是劳心所得，而是有人挖破了金华龙脉，激怒了山神土地才得的。要是我讲的没错，你得病一定很突然，头痛起来房子都会旋转，是这样吗？"知府讲："老医生真是活神仙，说的句句都是。请问老医生，金华府的龙脉在哪里？我好派人去查看。"老医生讲："金华的龙脉在北山金星山，请老爷赶快想办法才是。"知府派人一查，果然金星山那条垄里挖了一条又深又长的沟，就求老医生为他开方。老医生讲："你这病一不用开方，二不用吃药，只要你想办法把挖破的龙脉补回去，头痛就会好了。

知府听老医生讲的句句都准，心想：补回那条垄能医好头痛应该也不会假。垄该怎么补呢？自己掏腰包去补，多年搜刮来的银子岂不完了！就叫手下人先去查一查龙脉是谁挖破的。结果一查，挖破龙脉的是张百万。知府这时节为了自己勿吃苦头，也顾不得收过张百万几千两银子，就下令叫张百万去补。

张百万没办法，只好请来四乡八村的民工去补垄。那些民工都嫌工钱少，不肯来。张百万只好一边讲好话，一边加工钱。民工们上山后，个个磨洋工。张百万就特意买来一匹马，一日两趟亲自上山监工。讲起那匹马，也真当奇怪，当张百万骑到北山脚，那匹马就要直起喉咙叫三声，好像对民工讲："张百万来监工了！"等张百万回去的时候呢，那匹马又要叫三声，好像对民工们讲："张百万回去啦，你们放心歇力吧！"就这样，民工们横误直误，那条垄一直补了五年才补好。这五年呢，张百万只有支出，没有收入，一份家当败得精光，后来只得去讨饭。民工们呢，好比蚕吃桑叶，无意中分了张百万的家产，份份人家日子好过起来。那个知府老爷呢，垄补了五年，他的头也痛了五年，直到把刮来的银子医光，头痛才止住。

原来，这些都是黄大仙安排的。

讲述：楼樟禄

搜集整理：马　骏

（摘自陈晓勤、郑土有编《中国仙话》[1]）

剑劈珠宝山

黄初平祖上九代讨饭，从来未拿过别人一根稻草，未偷过别人一只番芋。到了黄初平手上，仍旧勿贪色，勿爱财。观音娘娘晓得初平可靠，度他升仙后就叫他掌管北山一座珠宝山。这座珠宝山里面样样都有，但从来没人晓得这里面的的银子、粮食还好出借。

有一年大旱，山上的青柴蓬晒死了，地里的庄稼晒干了。盘前村有个章老汉，他的萝卜种在珠宝山上，也被日头晒死。老汉一年的吃用全靠这块萝卜地，他伤心得坐在地里哭，哭了三日三夜，眼泪哭干，肚皮饿瘪，昏过去啦。那天半夜光景，一阵凉风吹过，一个老神仙走到

---

[1] 郑土有、陈晓勤编《中国仙话》，上海文艺出版社，1994年，第335—337页。

章老汉身边，手上还拿着两只喷香的麦饼。那个神仙对章老汉讲："老伯伯，我晓得你一个人过日子不容易，萝卜晒死不要伤心过度。你三日三夜没吃东西，我这里两个麦饼分你吃。如果日子过不下去，就写个借条到这里来，你要借什么都有。记住，三年后一定要归还。"神仙讲完，就把两只麦饼塞到章老汉手里。章老汉感激得流出眼泪，正想讲声"谢谢"，那个神仙已勿见了。章老汉忽地醒来，原来是个梦。看看手里呢，当真有两只麦饼。章老汉感到奇怪，吃完麦饼就回家写借条去借粮食了。他背了两只箩筐放在珠宝山上，借条上写明借谷一担，明年归还。第二日五更到珠宝山上一看，箩筐当真装满了谷，他就高高兴兴把谷挑回家去了。村上人见章老汉清早五更挑回一担谷，问他是哪里来的。章老汉把经过一讲，村里人都去借了。有的借银子，有的借粮食，结果每份人家都借到了自己缺少的东西。

珠宝山好借银借粮的消息，七传八传传到山下一个财主耳朵里。这个财主叫田伯满，是个贪心不知足的家伙。他看看今年大旱，粮食欠收，估计下半年粮食一定能卖好价钱，就写了一张借三百担谷的条子，带着几个伙计到珠宝山来。他身上披着破麻袋，装作一个落魄的穷人坐在山上哭。到了半夜，那个老神仙来了，他问田伯满："你一个人要借这么多谷做啥？"田伯满讲："我是帮乡亲们借的，求老神仙勿要让我空手回去。"老神仙讲："这可以，但三年内一定要由你归还。"田伯满见老神仙同意借谷，连忙点头哈腰，讲："对对对！俗话讲

'有借有还，再借勿难'，我一定归还，一定归还。"

田伯满借到了谷，心想：要是挖开这座宝山，不但谷不用还，还能得到子子孙孙都用不完的银子。他带了一伙打手上山，一连挖了几个月，终于发现一个洞，一看，里面金光闪闪，金元宝、银元宝、珍珠、玛瑙、谷、麦、豆、粟，样样都有。田伯满高兴得直流口水，叫打手们拿来几百只麻袋，想把财宝搬搬光。正要动手，突然山顶上有人喝问："田伯满，你借的三百担谷不还，还想独吞珠宝山的宝贝，太狠心了！"田伯满一看，是那个老神仙，心想：我有这么多打手还怕你不成。就叫打手们一起围上去，要抓老神仙。老神仙见田伯满不见棺材不落泪，一挥手里宝剑，把珠宝山劈为两半。山里的金元宝、银元宝这时都变作大石头朝田伯满砸去，那些珍珠、玛瑙都变成沙石朝打手们打去。一会儿工夫，田伯满和打手们就葬身在珠宝山了。

原来这个老神仙就是掌管珠宝山的黄大仙。

讲述：马茶奶

搜集整理：马　骏

（摘自陈晓勤、郑土有编《中国仙话》[1]）

---

[1] 陈晓勤、郑土有编《中国仙话》，上海文艺出版社，1994年，第331—333页。

大仙救阿囡

古时候，在赤松溪畔住着一位名叫阿囡的小姑娘。一天早晨，妈妈叫阿囡去抓鱼，阿囡来到了赤松溪。

她东摸摸，西找找，一会儿抓了十多条鱼，高兴得不得了，拿到集市上换回了三斤大米。

鱼是海龙王的子孙。海龙王一听说阿囡抓了他的子孙，便来兴师问罪。夜里，小囡睡在床上，身上痛得直打滚。第二天，小囡身上长满了鳞片，只往水里跳。

她妈在岸上哭，哭红了双眼，哭干了泪水，哭哑了嗓子……

这时远处走来了一位老人，身上穿着黄衣，头上戴着黄帽，胸前飘着长长的胡子，手里拄着一根长长的拐杖。

"你这女子啊，为啥哭得这般伤心？"

小囡的妈妈心都要碎了，不愿答话，双眼直直地盯着赤松溪。

老人看她这副模样，也已知晓十之八九，便对小囡的妈妈说："甭急，我来救她！"

说着老人用拐杖往卧羊岗一指，山上的石头都滚动起来，连连滚到赤松溪里，河床抬高，溪水外溢。水浅了，阿囡的鱼身也浮现出来了。阿囡妈扑通一声跳下去抱住女儿的身体上了岸，直奔家里。

那老人又爬到北山山岩上，采了一把中草药，亲自放瓦罐里熬成汤，一遍一遍地替她擦洗。足足用了三个月时间，小囡终于恢复了姑娘身，而且长得比原来更漂亮，简直像个小天仙，小囡的妈妈高兴得乐开了花。

这位救小囡的老人是谁？小囡和她妈到处打听，才知道是黄大仙。大仙是她们一家的救命恩人，因此，每年六月十六，全家都要到赤松宫去祭拜黄大仙。

整理：张艳楠、邵介安、邵少华

（摘自石夫编《赤松黄大仙》[1]）

济世治病

那是很早以前的事了。

有一天下午，金华城外官道边的一块石头上坐着一个年轻人，因为眼睛难受，他一个劲地揩着，当他觉得越揩越难受时，忽然有人在他背上轻轻拍了两下。

年轻人抬起头来，朦朦胧胧地看见面前站着一个穿道袍的人。只听那人问道："后生家，看你的双眼好像有病。怎么引起的，可以说给我听听吗？"年轻人说："不瞒你讲，我是个读书人，只因日夜攻读伤了眼力。今日本想到赤松宫圣地游览，想不到走到这里，眼睛一阵疼痛，便什么都看不清楚了。这里前不着村后不着店，

[1] 石夫编《赤松黄大仙》，南海出版公司，1995年，第159—160页。

叫我如何是好啊!"

那人哈哈一笑,说:"无妨无妨,让我给你看看。"说着低头仔细看了年轻人的双眼,吩咐他:"别走开,待我采点草药给你吃了,定然能好。"说完便上山拔了几株药草,就近到泉水里洗干净,摘下草根放口中嚼烂,用手搓成丸,又用葫芦舀了泉水,将药丸和葫芦塞进年轻人手中:"后生家,你把药丸用水吞了,不一刻便能重见光明。"年轻人点了点头,问道:"请问先生高姓大名,现居何处? 若治好我的眼疾,日后定当报答。"那人又哈哈一笑,说:"你要问我的名字嘛,赤手空拳一道长,松间曾牧石为羊。初列仙班游四海,平日为人消病殃。"说完四句,又道:"我曾在附近山上落脚,不过,现在已是身无定处,你也不一定找得到我了。"

原来,这位道长正是赤松大仙黄初平。他刚才讲的四句话,每句话的头一个字拼起来,正是"赤松初平"。他在金华跟随师父赤松子一边学道,一边学医,由于赤松子悉心教诲,使他道术、医术皆精。平日为金华一带百姓治伤医病,凡给富人看病,他就收取一定的报酬;若穷苦百姓求医求药,他不但分文不要,还有钱币相赠。因此,附近百姓说起黄初平,没有一个不夸奖的。

再说那年轻人服了黄初平给的药丸,一股清气直透脑门,两眼一眨,睁开一看,顿觉一片光明,什么东西都看得清楚了。他见眼前果然站着一位仙风道骨的道长,正笑吟吟地看着他点头呢。

年轻人好不开心，连忙从石头上站起身来，将葫芦递还道长，然后双手抱拳一揖到地，口中说："多谢恩人相助!"黄初平哈哈一笑，说："后生家，你我有缘。日后若是相会，你必在外地为官了。"说过，只一阵清风，人忽然不见了。

从此以后，这位读书人眼力倍增，记性也特别好，读书看字一目十行，过目不忘。几番考试，回回得中。若干年后，果然被派到外地做官。

又是一天下午，他微服下乡体察民情，穿行在街市行人中。正走着，忽觉有人在他背上轻轻拍了两下。他回头一看，是一个仙风道骨、身穿道袍的人，这道人用金华方言问他："你还认得我吗？还记得那年在金华官道边给你医治眼睛的人吗？"这当官的一听，即刻忆起当年的事来，忙道："恩人，你就是金华山赤松大仙黄初平吧？"黄初平点了点头，于是一个凡人和一个仙人亲热地攀谈起来。黄初平对他讲了许多当官应为民着想的道理。这当官的果然铭记大仙的嘱咐，在任时为百姓办了许多好事。

整理：章竹林（根据石夫提供线索）

（摘自石夫编《赤松黄大仙》[1]）

---

[1] 石夫编《赤松黄大仙》，南海出版公司，1995年，第148—150页。

五仙岩寻药

北山树木直冲云天，蓊蓊郁郁。山岙里住着十几户农家。由于山高峪深，这里整天云雾笼罩，不见阳光。日子久了，百姓们得了一种怪病，身体佝偻，不吃不喝，成天哭爹喊娘，痛苦不堪。一天，黄大仙牧羊路过这里，他把这件事看在眼里，记在心上，暗忖道：阿朗是讲善心的，百姓有苦应该解救他们。于是，就上山去寻灵丹妙药。走了九个月，翻了九座大山，越过九条大河，见到一位白发老人。老翁右手拄着拐杖，左手拿着拂尘，面带笑容地说："离这里很远的五仙岩山上，长着治这种病的仙草药。"说完，呼的一声腾云驾雾走了。黄大仙心里乐哉，决心不畏艰难继续寻找。

黄大仙走啊走啊，又走了三个月。一天晌午，他终于走到一座气势雄伟，十分险峻的大山上，只见一块大石头上刻着"五仙岩"三个大字，他心里十分高兴，选好攀登路线，用绳索攀登上去。每攀登一步，就甩下来一片岩石。攀了一段路程，接着上了第二程、第三程……他气喘吁吁，汗流浃背，双手磨破了皮，流着鲜血，终于爬上了五仙岩。放眼一瞧，哎呀，阳光灿烂，彩云乱飞。他在地上寻找，终于闻到了一种香味，只见石隙里长着一丛丛枝叶茂盛的野草。黄大仙懂医道，识百草，他终于找到了这种仙药。

他不顾双手疼痛，挖呀挖，草药挖了一满筐，又沿着绳索滑下去，离开了仙境。由于十分疲劳，走起路来跌跌撞撞。但他仿佛听到北山山村脸上堆着愁容的病人在呻吟，于是不顾疲劳，日夜兼程，又走了几个月，终于回到村上。他迅速将仙药煎煮成汤让乡亲们喝下去，药到病除，不久百姓们的身体都得到了康复。

搜集整理：黄娟、邵介安、邵少华

（摘自石夫编《赤松黄大仙》[1]）

清水潭

赤松山上有一口清水潭，潭底有一个泉眼，不论天气怎样干旱，泉水仍喷涌不止。泉水流到田野里，庄稼旺盛，五谷丰收；流到村上，可供百姓洗涤饮用。

传说古时候，金华北山森林里有个黑鬼，它坏心坏肝坏肚肠，经常在这山岙里转来转去，偷鸡摸狗的，有一回转到了黄初平的屋门前。黄初平十分勤劳，他用清水潭里的泉水浇灌菜园，园里长满了金黄瓜、绿豆荚、红辣椒、紫茄子……棚架上有一条特别长的金黄瓜，有碗口那么粗，扁担那么长，金灿灿的，散发出阵阵芳香，格外诱人。

黑鬼看见了这条金黄瓜，口角流涎，顿生邪念：我何不偷来？于是它在深夜里穿上草鞋，脸上涂了一层白粉，蹑手蹑脚地摸到了黄初平的屋前。刚巧那天日里黄初平来了客人，他十分好客，热情接

---

[1] 石夫编《赤松黄大仙》，南海出版公司，1995年，第162—163页。

待，劝客喝酒，自己也多喝了几盅，夜里倒在床上呼呼大睡，屋外的动静他一点也没有察觉。

黑鬼偷走了金黄瓜，直奔东山头。它摸摸金黄瓜，心里蛮高兴。正在高兴之际，忽然山头火光闪闪，东头山裂开了一丈多宽的裂缝。黑鬼往里面一瞧：啊呀，全是金银财宝！他赶忙抱住金黄瓜，一躬身钻进山缝里去了。黑鬼见到一对金手镯，忙戴在手腕上；又见一只银项圈，将它戴在脖颈里。一头金马驹正拉着金磨转，黑鬼那个高兴劲就甭提了。它又一把拉过金马驹的缰绳，使劲地拉它往外跑。说来也奇怪，金黄瓜总是拦住它的去路，金马驹又死死不肯走。这时，两山不断合拢来。黑鬼一看势头不好，赶忙松开缰绳，连金黄瓜也来不及抱就往外跑，一边跑一边叫，双手和头颈像有人勒住似的。它连忙掷下手镯和银项圈，刚跑出来，山就轰地合上了。

黑鬼偷不到金银财宝，心里十分气愤，它想这一定是黄初平搞的鬼。第二天，它又急忙找了几个小鬼，要找黄初平算账。不料，黄初平已经升仙，菜园、茅屋都没有了，只见卧羊岗石头上凿着几个苍劲有力的大字："我是北山仙，你是北山鬼。要偷北山宝，把命留下来。"黑鬼还没等把字看完，那山石突然翻了过来，把他们重重地压在下面。由于黄初平收拾了黑鬼们，赤松从此变成了一片乐土。

整理：王琴、邵介安、邵少华

（摘自石夫编《赤松黄大仙》[1]）

[肆]景观与风物传说

　　金华北山是国家级风景名胜区，自然景观与人文景观非常丰富，其中大量景观都与黄大仙传说相关联，产生了自然景观传说、人文景观传说、特产类传说等。正是这些传说，使金华北山风景区的名胜古迹具有了生命，黄大仙也不仅仅是叱石成羊的固化了的神仙人物，而是一个具有广泛存在意义，被民众多方认可的神性人物，他活在当地自然景观、人文景观和人们的现实生活之中。正是这类故事的存在，使黄大仙传说延续一千余年而不绝。

石棋盘

　　赤松山有一间铺里住着哥弟三个，靠砍柴过日子。

　　有一日，弟弟背着一根柴杖上山砍柴，他走到钟头村东北面一个叫"六剡"的地方，看见三个人在一块像四方桌那么大、那么平的岩石上走棋，这个弟弟便把柴杖搁在身边的石头上，看起走棋来。看完一盘棋后，他想去砍柴，伸手去拿那根柴杖，却已经烂掉了。这时，三个人中的一个问他："你肚饥不肚饥？""肚饥。"那个人便递给他一只桃子。他因为没柴杖了，只好先回家了。

[1]　石夫编《赤松黄大仙》，南海出版公司，1995年，第151—152页。

　　到了家里，大家都呆住了。过了一会儿大哥问他："弟弟，我们还以为你让老虎吃了呢，你怎么过了三年才回来？"弟弟弄不懂哥哥的话，说："我只看三个人走了一盘棋，怎么有三年了？"这下大家都给弄糊涂了。弟弟又记起自己袋里还有只桃子，便分给两个哥哥吃，自留了一个桃核。看着两个哥哥吃得香，弟弟忍不住把桃核含进嘴里，结果不小心吞了下去。这样，哥弟三个都成了仙。两个哥哥是半仙，小弟成了全仙，原来他们吃的是仙桃。弟弟成仙后才晓得，那三个走棋的人都是仙人，其中有一个便是黄初平大仙。弟弟为了报答仙人，便移住到那里。后来，人们把黄大仙他们走棋的地方称为"石棋盘"，直到现在，那个石棋盘还在呢。

搜集：赵祖庆

整理：方黎明

（摘自石夫编《赤松黄大仙》[1]）

夜筑斗鸡岩

　　有一年清明时节，黄大仙回金华北山老家扫坟祭祖。路上，他经过了缙云仙都、永康方岩，见这两个地方很热闹，心想：我老家破烂零落，也应该热闹起来才好。怎么热闹法呢？黄大仙就先到老家

---

[1]　石夫编《赤松黄大仙》，南海出版公司，1995年，第153—154页。

后山去看地形。

　　他来到后山一看，见山脚下的麦田里有对雄鸡屁股翘得老高，尾巴好比两把冲天宝剑，鸡头沉得很低，鸡冠好比彩虹。黄大仙想：要是把这对金鸡相啄的形状移到老家水口，这个风景就天下少有了。到那时，鸡舌成了涧上的桥，鸡冠成了两拱彩虹，泉水在桥下奔流，雄尾变成上天的梯，五更桥下看日出，夜里爬上天梯捧月

斗鸡岩

亮，真是再好也没有了。有这样的风景，还愁老家不热闹？想到这里，黄大仙准备夜里把两只雊鸡引过来，用叱羊成石的仙法造个斗鸡岩。

当天半夜，黄大仙站在山顶上，仙帚一甩，白天相啄的两只雊鸡招来啦，一只站在南边，一只站在北边。黄大仙一声吆喝，两只雊鸡就低着头，翘着尾巴，朝鹿田村东面的山洞冲去，准备相啄。就在这时，雄鸡啼了，两只雊鸡听了都惊呆了。黄大仙一连吆喝了几声，仙帚挥了几次，两只雊鸡也不肯相啄。

怎么回事呢？原来这两只雊鸡是山脚下紫岩殿里紫岩老爷的。紫岩老爷自从有了这对雊鸡，殿里香火非常兴旺。这天夜里，紫岩老爷一看身边的两只宝贝雊鸡没了，就到处寻。当他寻到北山，见两只雊鸡正准备相啄。又见黄大仙挥着仙帚在山顶作法，晓得事情不好，就学了几声雄鸡啼。这两只鸡原本是蜈蚣精变的，一听雄鸡的啼叫声，就吓掉了魂，再也不能动了。

后来，这对雊鸡变成了两座大山，人们根据它们的形状，称为"斗鸡岩"。斗鸡岩虽然没有按黄大仙的意愿筑成，但也为双龙风景添了一处美丽的景点。

讲述：楼和银

搜集整理：马　骏

（摘自陈晓勤、郑土有编《中国仙话》[1]）

卧羊岗的传说

很古的时候，金华北山一带没有农作物，百姓尽吃草皮树根，日子苦于黄连。

黄大仙知道了这回事，于是派出自己的一群羊儿去寻找粮食。其中一头白羊在一个深山沟里找到了一块大石头，这头白羊用嘴天天去啃呀啃呀，大石被啃出了一个深洞。

一天早晨，白羊奔到黄大仙住处前，不住地点头，"咩——咩——"，一直地叫着。黄大仙不知怎么回事，就拿些草给它吃。第二天早晨，白羊又跑来了，又一样地傻叫着："咩——咩——"声音急促。黄大仙不懂内中缘由，扔了些草给它吃。第三天、第四天早晨还是这样。直到第五天早晨，白羊又奔来了，黄大仙想去赶它，怎么赶也赶不走。那白羊往外奔一下，又朝里奔一下，头不断地晃动。黄大仙觉得其中有奥妙，就顺手拿起锄头跟着白羊走。白羊拼命地摇头，黄大仙觉得很奇怪，回头把锄头换成了一只铁凿、一把榔头。这下白羊高兴了，蹦蹦跳跳地往山里跑，一直把他带到深山沟里。

白羊蹦到啃过的那块大石头旁站住了。看看黄大仙，又啃啃石头；啃啃石头，又看看黄大仙。大仙终于明白了：原来这头白羊是在

[1] 陈晓勤、郑土有编《中国仙话》，上海文艺出版社，1994年，第326—327页。

叫我打开这块大石！但大仙一只铁凿凿不开，白羊于是跑回住处，回来时脖上挂了一只竹篮子，里面装着许多铁凿。黄大仙汗流满面，不顾手酸痛，不断地凿石。待回头一望，啊哟，白羊累倒在大石旁。黄大仙就让它休息，自己一个人打呀凿呀，叮叮当当声响彻山谷。等他打开那块大石，朝里一望，原来是一串黄灿灿的谷子。黄大仙激动了，他伸出颤抖的手，取出谷子，把它带回家种在地里。而那只羊为了给老百姓找粮食累得筋疲力尽，卧倒在那里再也爬不起来了。

过了不久，地里冒出了秧苗，慢慢地长出了谷穗，结成一片片黄灿灿的谷子，老百姓们终于吃上了香喷喷的米饭。人们为了纪念这头白羊，把它啃石找粮的地方唤作"卧羊岗"。

整理：黄娟、邵介安、邵少华
（摘自石夫编《赤松黄大仙》[1]）

二仙造桥

相传晋朝时，仙桥镇被赤松溪隔开，分为两个村，东面的叫"溪东村"，西边的叫"溪西村"。这两个村各有特点：溪东产红糖，溪西产花生；溪东多后生，溪西多姑娘。由于赤松溪有条恶龙作孽，造不起桥，弄得两村百姓无法来往。溪西花生只好家里藏，溪东红糖只

---

[1] 石夫编《赤松黄大仙》，南海出版公司，1995年，第160—161页。

好任它炀；溪东后生想讨溪西的姑娘，无桥无船也只好空想想。

有一年，溪东有个叫阿水的后生跟溪西一个叫丹丹的姑娘相爱啦。他们俩为了乡亲们的方便和自己的婚事，决心要在赤松溪上造一座桥。主意打定后，阿水和丹丹就忙开了，又砍木头又运岩。过了半年，桥造好了，阿水和丹丹商量停当，决定第二年的二月初二定亲，五月初五女方请肯酒，八月初八接亲。

到了第二年，亲定过了，肯酒请过了，八月初八接亲那日，丹丹高高兴兴坐花轿。乡亲们为了感谢丹丹和阿水，都赶来看热闹。花轿扛到桥中央，突然轰隆一声，赤松溪发洪水啦，四个轿夫吓得转身就逃，桥上就剩下花轿里的丹丹。这时，洪水中突然钻出那条恶龙，把花轿和丹丹一起卷走了。恶龙又把尾巴一扫，木桥扫塌，被洪水冲得无踪无迹。

阿水听讲桥被洪水冲走，丹丹被恶龙抢走，恨得咬牙切齿。他磨快了斧头，沿着赤松溪去寻恶龙报仇。这日，他来到赤松溪上游一个叫"牛栏园"的大水潭边，见清澈的水里映出丹丹那顶花轿，晓得恶龙就藏在这个潭里。他扑通跳进潭中，口里喊着："丹丹，丹丹!"举起斧头东一斧西一斧乱劈。这时，藏在水底的恶龙看见了，就冲出水面来抓阿水。正当阿水危急的时候，来了两个过路神仙，只见两个神仙衫袖一甩，一下子把阿水闪到赤松宫门口。恶龙追到赤松宫，一眼看见赤松宫屋檐上两条木雕的大蜈蚣，吓得掉头就逃。

你讲这两个神仙是谁? 就是养素真人黄初平和冲应真人黄初起。

他们救起阿水，问他为何跟恶龙斗，阿水便把经过讲了一遍。这对神仙兄弟听了以后，决心除掉恶龙，为溪东、溪西两村百姓造一座桥。

第二年，恶龙听讲赤松溪上又造起了桥，溪东、溪西百姓来来往往非常热闹，而且八月初八又有一对新人要成亲，它又想来捣乱了。恶龙为啥听说赤松溪上有桥就要捣乱？原来它师父讲过，赤松溪上有了桥，就等于把它关在笼里，所以它见桥就要撞毁。

到了八月初八这日，溪东、溪西两村百姓，有的在桥头摆小摊，有的在桥头戏耍，溪西的姑娘和溪东的后生一对对亲亲热热在桥上走来走去。这时，溪西炮仗噼噼啪啪，锣鼓喊里哐唧，一顶花轿又抬到桥中央来啦。溪东桥头上一个新郎正在迎接新娘子。这时，只听得轰隆一声，赤松溪又发洪水了。大水冲到桥头，那条恶龙又跃出来抢花轿。这时，只见花轿里走出一个比丹丹还要俏的姑娘，她把手里拂尘一挥，把恶龙的脖子绕牢了，让它想动也动勿来。恶龙又想用尾巴去扫石桥，桥墩上钻出两条蜈蚣把它的尾巴咬住。这时，那个新郎拔出腰里宝剑，嚓的一记斩落了恶龙的头。恶龙死啦，桥保住了，赤松溪的洪水也退了。

擒恶龙的新娘和斩恶龙的新郎是哪个呢？原来，新娘是黄初平变的，新郎是黄初起变的。这对仙哥仙弟听了阿水哭诉后，两人用宝剑在北山削平了一块块石头，用仙法把石头闪到溪东、溪西两个村的中央，造起了一座石桥。他们晓得恶龙顶怕蜈蚣，又把赤松宫屋檐上的那两条木雕蜈蚣用上仙法，预先放在桥墩中，然后，装作接亲的样子把恶龙引出来除掉了。

自从初平、初起造起了石桥，溪东村就改名为"桥东村"，溪西村改名为"桥西村"。两个村的百姓来来往往，货物流通，日子一日比一日过得好。后来，百姓们为了纪念除恶龙造石桥的两个神仙，还在桥头建了一座二黄君祠，把他们造的桥叫作"二仙桥"。还把丹丹姑娘和阿水定亲、请肯酒、接亲的日子，定为这一带百姓的"市日"。直到现在，农历二、五、八赶集的日子还没改哩！

讲述：钱明月

搜集整理：马　骏

（摘自陈晓勤、郑土有编《中国仙话》[1]）

二仙桥

相传金华城外通往杭州的官道上早年有一座木桥，北山下来的一泓溪水缓缓从这座桥下流过。

那一年春天，雨水特别多。一场山洪暴发，这座木桥被冲得无影无踪。桥头村里的木匠李师傅和村民们为了方便来往行人，赶紧又重新造起一座木桥，谁知没几天又被山洪冲垮。就这样，造了五

[1] 陈晓勤、郑土有编《中国仙话》，上海文艺出版社，1994年，第328—330页。

次，冲了五次，李师傅和村民们都累垮了。

那天一大早，李师傅买了供果祭品，来到赤松宫二仙殿向黄初平、黄初起两位仙人祷告，保佑能造好这座桥。谁知第二天下午，人们发现被冲垮的桥下搁着两尊木雕神像。李师傅过来一看，十分惊奇：这不是昨天我在赤松宫跪拜祷告过的黄大仙两兄弟的神像吗？总不会是昨天晚上溪水冲下来的吧？大伙儿正议论，一个刚从赤松宫进香下来的行人说："不不不，我刚从二仙殿来，二仙的神像好好的呢。"李师傅这才相信，昨天他去求大仙，今日大仙兄弟果然显灵，来帮助大伙儿造桥了。

当夜，李师傅和大伙儿商量，说："既有二仙帮忙助力，我们干脆造一座石桥吧。"村民们一致赞同，并安排人保护两尊神像。

这天天刚蒙蒙亮，李师傅把两尊神像分别安放在桥下溪水两侧高处，然后带领大伙开工造桥。

又一场洪水冲过来了，可是奇怪的事情也出现了。那凶恶的洪水见到两尊仙人神像，好像老鼠见到猫一样，霎时没了威风。水退的地方，出现了许许多多方石、条石，大如箩筐，小如钵头，正是造石桥最需要的呢。原来，这些石头都是黄大仙借助神力从山上运下来的呢。这时天也晴了，水也干了，大家在李师傅和石匠师傅的带领下，扛的扛，砌的砌，没几天，一座牢固的石桥就造好了。

石桥完工后，李师傅正要让人把两尊神像请上岸来供奉，享受人间香火，谁知一转眼两尊石像又不见了。

当天夜里，所有参加造桥的村民都做了个同样的梦，梦见黄大仙兄弟对他们说：“济贫扶困，解人危难，助人为乐，是我们道教中人的本意。只是前段时间我们兄弟远游，以至于相助来迟，耽误了造桥时日，实为抱歉。”第二天，大伙纷纷谈起梦中之事，对两位仙人更为敬佩。人们成群结队上赤松宫敬香祭拜。

为了牢记两位仙人对建造这座石桥的鼎力相助，人们便把这座石桥称为“二仙桥”，桥边的村子也名为“二仙桥村”，这桥和村的名称一直沿用到今天。

整理：章竹林（根据钱旭锡来稿加工）

（摘自石夫编《赤松黄大仙》[1]）

赤松宫

相传在晋朝时，赤松钟头马鞍山一带是个山清水秀的好地方。山的南面，有一棵老高老高的松树，传说是黄大仙黄初平种的。仙人种的树自然有仙气，这颗松树三四个人才能围得拢。奇怪的是，这松树跟别的松树不同，整棵树的树皮大红色，树枝上总是挂着一只草鞋，松毛也很特别，有一尺多长，金黄色，一层盖一层，当地百姓都把这棵松树叫作“赤松”。

[1] 石夫编《赤松黄大仙》，南海出版公司，1995年，第151—152页。

曲径通幽处

有一年，皇帝在金銮殿上，看见不远处的神缸里闪出一道红光，吓了一跳，连忙走过去朝缸里看，只见碧清的水中映着一棵红松树，树上还挂着一只草鞋。真是奇怪了，缸里碧清的水，哪来这么一棵松树呢？皇帝一面想，一面就叫文武百官来看。大家都说是稀奇事，就是讲不出道理。这时节，有个大官说："万岁，这肯定是哪个地方出了棵仙树了。"皇帝一听有道理，赶快派人去寻找。这些人就从京都一直寻找下来，一直寻到金华赤松的钟头马鞍山这个地方，才把它寻到。

皇帝一听仙树有了着落，十分高兴，就下了圣旨：把这棵仙树"上不损头，下不损根"运到京都来。

这么粗这么高的松树，还要不损头不损根掘起，很不容易；装在船上，已是满满的一船了。皇帝打算把这棵仙树从金华江运到兰溪江，再从兰溪江运到钱塘江，一直运到京都。哪晓得运到富春江七里泷，船就载不动了，可惜这棵仙树就这样沉到了江底，皇帝也无法欣赏了。

当地百姓为了纪念这棵树，就在当年这棵树的位置上建了个祠，叫做"赤松宫"。

搜集：赵祖庆
整理：方黎明
（摘自石夫编《赤松黄大仙》[1]）

[1] 石夫编《赤松黄大仙》，南海出版公司，1995年，第155—156页。

赠桃度仙

黄初平哥俩升仙后，轰动了整个金华城。百姓们都讲，做人想有好报，总要有道德，讲天理良心。这样一来，学好样的人越来越多。

北山大岭村有哥俩，哥哥叫徐大公，弟弟叫徐公。哥弟俩听说初平、初起都当了神仙，徐大公改掉了好吃懒做的毛病，田里地里拼命做，对娘也很孝顺。徐公呢，天天到北山寻草药，帮邻近百姓医病。

有一天，徐公从北山顶寻草药归来，在虎头岩下看见两个神仙。只见一个神仙抽出一把宝剑，嚓的一记，割下一片岩石，又用宝剑在石上划方格子。另一个神仙用拐杖往一个水潭一指，嘟的一记，潭里飞出一条小龙，小龙撞在石头上的方格子中央，石上就出现一条龙影。两个神仙就从袖子里取出棋子，面对面下棋了。徐公看呆了，就轻手轻脚走过去，双手拄着锄头，看两个神仙下棋。两个神仙一个用"当头炮"，一个用"连环马"，杀得难解难分。徐公看了一会，感到口燥肚饥。他正准备去喝口泉水，这时，其中一个神仙讲："徐公，你肚饥了吧？我这里有个桃，你拿去吃。"徐公吃了两口桃，只觉得口勿燥，肚勿饥，精神倍增。又看了一会儿，另一个神仙说："徐公，还不快回去，你家里人都给你烧三周年了。"徐公这时看看日头还没有落山，就笑笑说："两位神仙真会讲空话，我才看你们下了个把时辰棋，家里人怎么会给我烧三周年呢？"刚才讲话的那个神仙讲："徐公，你勿相信的话，看看你的锄头就晓得了。"徐公一看，只见锄头柄已经霉烂了，锄头变成了一块铁皮，心想：难道我看下棋真的已经好几年啦？他连忙谢过两个神仙，准备回家。这时，一个神仙讲："初起哥，听讲赤松溪有两条蜈蚣精专门撞桥，我们应该去管管才对，棋不要下了。"两个神仙收起棋子，只见石中央当楚河汉界的那条龙扑通一下飞回水潭里去啦。徐公见两个神仙收起了棋子，正要离开，忽然东南方滚来一片乌云，落起了大雨，刮起了大风。那个叫初起的神仙讲："徐公，快用棉袄里的棉絮把自己两只耳朵洞塞牢。"讲来也真奇怪，刚塞好耳朵，大风就停了。徐公连忙问两个神仙："仙长，为啥棉花塞了我的耳朵，风就会停？"另一个叫初平的神仙讲："徐公，你吃了我的桃子，已经成仙了。等你回家见过娘和哥，你就回到这里掌管北山的风、水、晴、雨吧！"说完，两个神仙就不见了。

徐公回到家里，见堂前立着他的神位，娘正在为他烧纸钱哩。徐公忙问："娘，这是怎么回事啊？"娘见是徐公，边哭边说："儿啊，你去北山寻草药，怎么一去三年勿回家啊？家里人都以为你死了，娘正替你烧三周年呢。"徐公讲："我只看了两个神仙下一盘棋，怎么三年过去了？"刚从田畈归来的徐大公，看见弟弟徐公，忙问："弟弟，你看棋看了三年，肚皮怎么勿饿咯？"徐公讲："我吃了神仙分我的桃，肚皮就勿饿了。""桃还有哦？分点我吃吃。"徐公就把带回的那个桃核递给徐大公。徐大公接过桃核就往口里塞，结果吃得太慌，哽在喉咙里，一下子就倒在地上了。徐公勿晓得大公已死，拔出耳朵里的棉絮,去听哥的心脏还跳勿跳。刚把棉絮拔出,就吹来一阵狂风,把徐大公一直吹到兰溪去了。

据讲兰溪现在的大公殿,就是徐大公升仙显灵后百姓为他造的。棋盘石的徐公庙,是徐公升仙后治住了北山的大风,盘前人为他造的。后来,一起大风,北山人还有塞徐公塑像上的耳朵洞的习惯呢。

讲述:楼和银

搜集整理:马　骏

(摘自陈晓勤、郑土有编《中国仙话》[1])

写劝善戏

黄初平在赤松山得道成仙后,一直乐善好施,被当地百姓奉为黄大仙。可也有人说:"黄大仙住在赤松宫中,只会看病救命,村里兄弟分家、婆媳吵架,还有杀人放火、谋财害命的事都一点管不了,只能算半仙。"黄大仙听了之后觉得百姓的话蛮有道理,于是上天启奏玉皇大帝说:"玉帝,人病好医,心病难医。为了使人心变善,克服恶态,我看光用草药不行!"玉帝笑笑说:"依你看,用什么办法使人心变善?"黄大仙说:"我整整想了三十六天,觉得天上人间只有歌舞能行。要是能人演人,教化人,天下岂不太平!"玉皇大帝说:

---

[1] 陈晓勤、郑土有编《中国仙话》,上海文艺出版社,1994年,第323—324页。

"你这个办法可以试一试，最好同八仙商量商量。"黄大仙请八仙来到赤松宫，把此事原原本本地告诉大家。曹国舅说："我敲吉板，为了劝善，不过是说说罢了。"韩湘子说："我吹笛子，为歌舞伴奏，也为了劝善，不过是吹吹而已。"张果老说："我倒骑毛驴唱道情，不也为了劝善，只是说说唱唱便是了。"黄大仙说："我想了一种劝善的办法，那就是人演人，教化人。"吕洞宾说："你是说要我们扮成人间的各种人，演各种逼真古怪的事来劝善啰？"黄大仙说："对！金华人叫作'做嬉'，人演人就是做嬉。"吕洞宾说："还是叫'做戏'吧。黄大仙，咱一起来做劝善戏吧！"黄大仙说："这比唱唱跳跳要好，怎么做法，大家再出出主意。"铁拐李说："韩湘子吹笛，曹国舅敲吉板，我就在后场当乐手吧。张果老的道情筒太长，把它做成扁鼓，反过来敲不是很好听吗？"张果老说："言之有理，让我也做后场乐手吧！"吕洞宾说："有三个乐手够了。现在我来安排角色，我做老生，铁拐李做大花脸。"汉钟离说："我做老员外，就算老外吧！"蓝采和说："我做小生，和何仙姑成双做对。"何仙姑难为情地说："我和你做假夫妻，我头上插花，就算花旦吧！"黄大仙一看，小生、花旦、老生、老外、大花五种角色都有，可以演戏了。蓝采和说："不行，还缺老旦。"何仙姑也说还少武小生呢！黄大仙说："你们看，二郎神来了。他武功好，年纪轻，就叫他做武小生吧。"二郎神高兴地答应了。老旦谁来做呢？二郎神说："就叫我的妈妈王母娘娘来做吧！"

黄大仙说："这样七拼八凑，角色都齐全了，看来可以做劝善戏了！"这时，王母娘娘来了："大仙，你把我也凑进去了。劝善戏还是你来编吧。"黄大仙想了一想，说："好，我花九天编九本。"于是，他编了"劝贪"、"劝懒"、"劝馋"、"劝占"、"劝赌"、"劝淫"、"劝骂"、"劝盗"、"劝杀"九本。赤松宫门外搭了戏台演出，看的人多得数不清。九本戏演好后，赤松山下太太平平。黄大仙请八仙、王母娘娘、二郎神再到别的村子里去演，年复一年，所有村子都演过，做好事的人多起来，做坏事的人少下去。百姓说："黄大仙不仅会医身上病，还会医心病。"后人曾把戏祖说成是张果老，有人说是二郎神，也有人说是唐明皇，其实，真正的戏祖是黄大仙呢。

讲述：方永林　周锦标

搜集整理：马　骏

（摘自陈晓勤、郑土有编《中国仙话》[1]）

演戏谕人

在传说中，都说戏曲源于唐代，可是在金华民间，却流传着黄大仙用演戏来教化人的故事。

相传黄初平从师父赤松子那里学了道术，又学了医术，经常为

---

[1] 郑土有、陈晓勤编《中国仙话》，上海文艺出版社，1994年，第325—326页。

附近百姓治伤医病。这一天,他给东村一个后生医治脚伤,正在给他敷草药时,忽然觉得自己腰部轻轻一动。

原来,黄初平腰包里藏着一些钱币,那是他从有钱人那里收取的医金,今天带出来资助穷人的。此刻腰间一动,必定是有人偷他的钱。说时迟,那时快,他只轻轻一抓,便把那偷钱的手抓牢了。原来,正是这个有脚伤的后生偷了他的钱。这一下,弄得围观的男女个个目瞪口呆。黄初平挺和气地对后生说:"你看看,我给你看病医伤,你却来偷我的钱,讲得过去吗?"一句话说得这年轻人面红耳赤,跪下来纳头便拜:"先生,我不好,不该去赌博,不该把钱输了个精光,更不该到你这里来偷钱。你大人不计小人过,饶了我吧。"黄初平点点头,当场把钱分给穷苦病人,那后生也得到了一份。

当晚,黄初平同师父赤松子、哥哥黄初起讲起这件事,两人都直摇头。初平说:"看来我们不但要医治百姓身上的毛病,还得医治人们心上的毛病呢。"心病怎么个医法?三个人商量来商量去,决定用演戏来教化人。几天后,他们一起编出了"劝人勤俭"、"劝人戒赌"、"劝人戒偷盗"等七八本戏,让人在赤松山下村里搭了个草台,又在村里挑选了几个头脑活络的人担任戏中角色。由于每本戏都演得逼真好看,引得附近百姓扶老携幼纷纷赶来观赏。村民们看了后受益匪浅,有妻子劝诫丈夫的,有父母教诲子女的,还有儿女开导父母的,使金华一带民风大变,人心向善,路不拾遗,夜不闭户,人人安居乐业，家家和睦安泰。

整理：章竹林（根据赵祖庆提供资料）

（摘自石夫编《赤松黄大仙》[1]）

除 蟒

有一年夏天，黄初平去访北山优游洞的紫金道人。路过一个小村庄时，见村中男女老少个个喊肚皮痛，他就去问一位前辈。前辈讲："前日半夜里，村外传来奇怪的声音，说三日内要把我村的春兰姑娘送到优游洞附近的白水斗去。如果勿送，叫我们全村人吃苦头。"初平问："那春兰姑娘你们送了没有？"前辈讲："春兰娘怕是妖怪害人，没把女儿送去，今天村上人就个个肚子痛啦。"

初平想：全村人同日得病，要么是妖怪作法，要么就是中毒。想到这里，就向前辈借了个碗，到村前溪水里舀了一碗水。他仔细一辨，见水的颜色不对，晓得乡亲们中了毒。怎么办呢？他想起当年笙儿娘曾经讲过，半枝莲是解毒的好药，就连忙去田塍拔了一大把，煎汤给前辈喝，前辈吃了药，肚就勿痛啦。初平医好了前辈，又到田塍上拔了满满两箩半枝莲分给乡亲们煎汤。乡亲们吃了汤药，肚就勿痛啦，大家对初平十分感激。

---

[1] 石夫编《赤松黄大仙》，南海出版公司，1995年，第152—154页。

匍匐在岩头的巨蟒

为查明究竟，初平又顺着山溪上溯寻去。傍晚时节，他来到阴森森的白水斗，只见一滴滴奇怪的水从十几丈高的岩头上朝溪里滴。为了弄清是怎么回事，初平就爬到对面山上，一看，嗬！勿得了，原来是一条水桶粗的大蟒蛇伏在岩头上，把口张得像畚箕么么大，伸出尺把长的红口舌，这水滴就是从蟒蛇口中流出来的。初平想：难道要抢春兰姑娘的就是这条蟒蛇？我倒要看看明白。天快黑了，只见蟒蛇一个滚身，哗啦啦把周围茶杯粗的松树全部绞断。这时蟒蛇勿见了，变成了一个穿黑衣裳的人朝山下走去。初平暗暗跟在这人后头。

黑衣人来到春兰姑娘住的村边上，只见他爬到一棵大樟树下，到了半夜里，又在喊啦："村民听着，若还不把春兰姑娘送来，我就要你们全村人的命！……"喊了一会，黑衣人就回白水斗去了。

初平晓得害乡亲们的就是这条蟒蛇精，决心要除掉它。他向乡亲们讲了看到的情景，村里几十个小后生个个都争着要去除蟒蛇。

第二天五更，初平和十几个后生带着锄头、撬棍，爬到比蟒蛇精住的地方还高半里路的山顶上，把一块块大石头撬浮。天黑了，蟒蛇又一个滚身要变人。这时，初平和后生们一齐把撬浮的大石顺着猪槽坞往山下滚。一块大石头砸在蟒蛇精的身上，只听一声怪叫，蟒蛇精被砸进了地洞里。

后来的人们还以为这个洞是天上掉下的星星砸出来的，直到现在还把这个洞叫"脱落洞"呢。

讲述：傅讨饭

搜集整理：马　骏

（摘自陈晓勤、郑土有编《中国仙话》[1]）

九峰茶

早年九峰山上是没有茶树的，只有一种树，叶子长着九只角，各户人家都摘来当茶叶泡，叫作"九角刺茶"。

有一回，黄初平大仙眼睛生了点毛病，他想：炼丹的葛洪是靠双眼的，他肯定晓得医眼睛的药草。黄大仙就到九峰山来找葛洪医眼睛了。哪里晓得葛洪仙见了黄大仙的面，就泡了一碗黄澄澄的九角刺茶给他喝。黄大仙喝了一口，又苦又涩，心中不称心，刷地站起来要走。葛洪仙一把拉住了他，笑嘻嘻地说："黄老弟，是嫌我没好茶招待你吧？你晓得这种茶的厉害吗？是清热利目医眼睛的好药呢。有一回，太山老君炼丹不小心，哑的一下，眼睛被炉火烫伤了。他到九峰山来找我，我也泡了一碗这种九角刺茶给他喝，结果烫伤的眼睛很快就好了。"

葛洪见黄大仙看不起九角刺茶的样子，接着又说："不错，这种茶叶是太难看了，颜色、味道也不好。今日你黄老弟来得正好，你有叱石成羊、叱羊成石的本领，何不在我这些茶叶上试试身手？"

---

[1] 陈晓勤、郑土有编《中国仙话》，上海文艺出版社，1994年，第316—317页。

"噢？"黄大仙呼呼喝了两口茶，过了一会儿，真稀奇，眼睛果然亮得多啦，也不痛不痒不难过了。黄大仙好开心，他刷地站起身走到洞口，问："老哥，那顶高的山叫啥名字？""芙蓉峰。""好嘞！"黄大仙拉着葛洪仙噔噔噔便走。

两位大仙登上芙蓉峰顶，葛洪指着说："喏，下面七垅八坞里那些绿沉沉的统统是九角刺茶！"

黄大仙一听心中有数，点了点头，伸出手来，高高举起，对天一划，口里一声吼："九峰山茶，色味形俱佳——"即刻稀奇事就来了：霎时芙蓉峰下好比大风猛雨，沙沙沙一阵响，满坞里烟雾腾腾，只一会儿工夫响声就没有了，烟雾也没有了。

"好了，走吧，去看看！"黄大仙拉着葛洪来到山下一看，哈，满山垅满山坞的九角刺茶都变成刷刷青，喷喷香。

九角刺茶后来经种茶人精心培育，制茶人的精心制作，成了如今的金华名茶——九峰银毫。

讲述：汪凯来、范天继

搜集整理：程明芝、洪增贵

（摘自陈晓勤、郑土有编《中国仙话》[1]）

[1] 陈晓勤、郑土有编《中国仙话》，上海文艺出版社，1994年，第333—335页。

[伍]显圣香港与返乡显灵传说

《接大仙》又名《偷大仙》，是一则关于香港黄大仙及其信仰由来的故事；《开光降奇雨》是现代传说故事，讲述的是1996年黄大仙祖宫竣工并举行开光大典时黄大仙显灵降奇雨的故事。

接大仙

黄大仙是金华北山人，生在北山，长在北山，升仙也在北山，后来怎么会到香港去的呢？

黄大仙升仙以后，经常回北山为百姓消灾除难，百姓非常感激，所以村村都造了黄大仙庙，塑了黄大仙像。听讲北山人有什么三病四痛，只要烧香拜拜大仙，毛病就会好。

有一年，香港暴发瘟疫，有个住在香港的北山人回老家鹿田村避难。其实这个人身上已经有了瘟病，只是开始自己未晓得，到了鹿田，瘟病就犯了，结果没几日瘟病就传遍了

香港黄大仙祠大门（丁东澜　摄）

全村。

有一日夜里,一个叫刘福的鹿田人染上瘟病后肚皮痛得不得了,就吩咐老婆替他到村前水口的大仙庙里烧烧香。老婆替他烧了香,当日夜里,刘福做了一个梦,梦见黄大仙对他讲:"用白附子煎服就好了。不过,那个瘟煞神要吃你家十只鸡才肯走掉,你就给他十只鸡吧!"第二日五更,刘福真的到大仙庙前用水煎白附子吞服,肚皮里咕噜咕噜一阵响,拉了一堆屎,毛病就好啦。等他回家一看,刚孵出的十只小鸡不知到哪里去了。

刘福用黄大仙庙井水煎服白附子,医好瘟病的事一传开,村里人和那个从香港回来的北山人也去取井水煎服白附子了,服药后,大家的毛病都好了。那个住在香港的北山人见黄大仙真会显灵,心里想:我在香港的亲戚朋友都得了瘟病,如果能把黄大仙接到香港就好了。他横想直想,想了个办法:请人做了一顶漂亮的轿,轿里坐了个和鹿田水口一样的小型大仙庙,又摆了一碗从大仙庙前舀来的水,扒了一袋白附子。准备停当后,雇了八个轿夫,把大仙的塑像放在轿里抬到香港去了。

黄大仙被抬到香港后,那里的人就连日连夜为大仙造了个黄大仙祠。祠造好后,又把大仙塑像悄悄放到祠里。这时节,那些生了瘟病的人都来烧香求医,结果,瘟病都医好了。这样一来,香港人对黄大仙越发相信,三天两头烧香,黄大仙祠的香火越来越兴旺。

讲述：楼根禄

搜集整理：马　骏

（摘自陈晓勤、郑土有编《中国仙话》[1]）

　　民间所流传的黄大仙传说是超人间的奇特想象和民众智慧的结晶。它作为生动的口头传承的艺术形式，极大地丰富和补充了历史典籍和地方志的内容，使原来只有骨骼而没有血肉的皇初平或黄初平，成了一位具有法力但同时又饱含人情味和崇高道德感的仙人，成为民众喜爱的惩恶助弱的精神支柱。

[1] 陈晓勤、郑土有编《中国仙话》，上海文艺出版社，1994年，第338—340页。

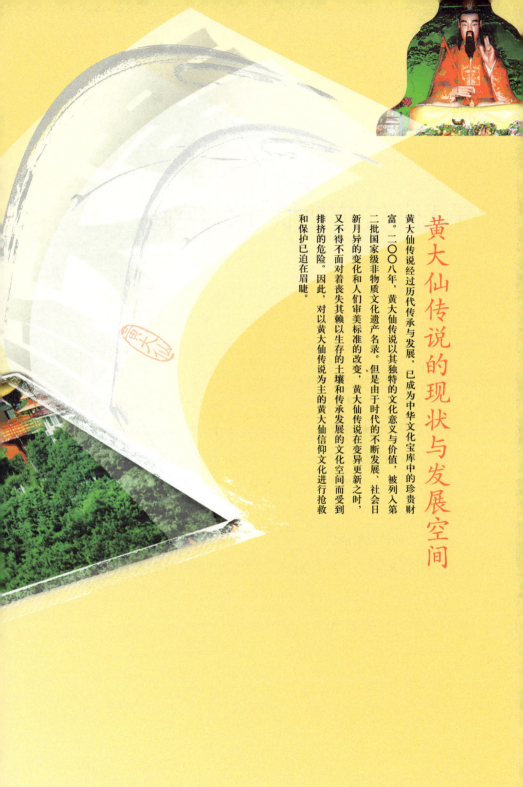

黄大仙传说的现状与发展空间

黄大仙传说经过历代传承与发展，已成为中华文化宝库中的珍贵财富。二〇〇八年，黄大仙传说以其独特的文化意义与价值，被列入第二批国家级非物质文化遗产名录。但是由于时代的不断发展、社会日新月异的变化和人们审美标准的改变，黄大仙传说在变异更新之时，又不得不面对着丧失其赖以生存的土壤和传承发展的文化空间而受到排挤的危险。因此，对以黄大仙传说为主的黄大仙信仰文化进行抢救和保护已迫在眉睫。

黄大仙传说的现状与发展空间

　　黄大仙传说经过历代传承与发展,已成为中华文化宝库中的珍贵财富。2008年,黄大仙传说以其独特的文化意义与价值,被列入第二批国家级非物质文化遗产名录。但是由于时代的不断发展、社会日新月异的变化和人们审美标准的改变,黄大仙传说在变异更新之时,又不得不面对着丧失其赖以生存的土壤和传承发展的文化空间而受到排挤的危险。因此,对以黄大仙传说为主的黄大仙信仰文化进行抢救和保护已迫在眉睫。

[壹]黄大仙传说的传承与保护

1. 黄大仙传说的现状。

　　随着人们生活方式的改变以及文化传播手段的多元化,民间文化在民众之间的流传已经不仅仅依靠口耳相传这一种途径,而这一改变,正是传说濒临灭绝的一个重要原因。也如梁祝传说一般,黄大仙传说的濒危还在于未能及时将现存文化最原始的内容搜集、记录和保存。传说故事在民间有各种异文和不同的版本,如果不加以及时搜集和整理,老一辈的传承人都年事已高,随时都会有失传的危险。

　　在经济快速发展的当下，生活方式的改变对黄大仙传说产生了巨大的影响，年青一代的娱乐和阅读方式已经完全改变，他们大多从网络中获得所需信息，很少从传统的渠道来认知传说，更不要说对传说本身进行传承。而黄大仙传说分散于金华北山的大山村落中，这一独特的地理环境和存在方式，使传说的传播受到限制，对不同传说之间的传承互动以及大山之外其他区域的社会影响减少。尽管原生态的故事更真实可靠，但其整体传承的难度也大大增加。因此，对黄大仙传说的记录是当前最为重要的任务。

　　20世纪80年代，有关民间文学全国性大规模的搜集工作的展开，为黄大仙传说这一非物质文化遗产提供了一个十分有效的抢救和保护的平台。如今，流传下来的黄大仙传说，除了有限的文献资料，大多搜集于那个时期。为了获得更多原生态的黄大仙传说，文化工作者的足迹遍布金华山。但由于会讲黄大仙传说故事的民间艺人已年近古稀，最终搜集的文本十分有限。随着黄大仙传说列入国家级非物质文化遗产名录，继续抢救民间流传的黄大仙传说是文化工作者的主要任务。尤其是在偏远山区以及人口流动较少的地区，由于受到现代化的冲击较弱，尚能保存一些较为完整和原始的传说版本，更应该进行抢救性的挖掘和保护。

　　民间传说的保护，广而言之即为民间文学的保护，重点在于需要根据其固有特点建立和健全一个适应时代需求和可持续发展的传承机制，从而使产生和流传于农耕文明条件下的民间传说能够在现代社会中得以继续传承。而居于这个机制核心的是传承人，所以需将黄大仙传说传承人的保护列入非物质文化遗产保护之中，这样才能更好地保存民族文化的精髓。此外，政府与社会对非物质文化遗产传承人的关心与帮助还应该落到实处，使其能够在自己力所能及的范围内发挥对"非遗"项目的可持续传承功能。

目前，被记录成文字的黄大仙传说已有五六十则，但这与民间所流传的各种版本的传说数量相比还远远不够，有待于我们进一步加强整理，使之更丰富、更全面、更完善，这也是黄大仙信仰文化保护的最基础的部分，所以需要投入更多的时间和精力，务求将蕴藏于金华及其他地区的黄大仙传说尽可能全面地进行搜集整理。

2. 黄大仙传说的保护与传承。

自20世纪90年代，黄大仙传说被列为浙江省和国家级非物质文化遗产名录，广东和香港地区，特别是金华等地将黄大仙传说的记录和整理工作及时地提上工作日程，并采取有效的措施对其进行保护。在对记载黄大仙传说的相关古籍加以整理和黄大仙祖宫、金华观和赤松宫遗址进行保护与振兴的同时，一些学者和专家也开始关注黄大仙传说，并对黄大仙信仰展开了深入的调查与研究。

对于黄大仙传说的保护工作，我们文化工作者在政府以及相关部门的帮助下，已经取得了可喜的成就。但是传说类非物质文化遗产项目如何进行保护，国内并没有现成的经验可以借鉴。这就需要我们从项目特质本身出发，根据具体的情况制定和采取一些有效的政策，对黄大仙传说进行科学的保护。例如鼓励传承人进行黄大仙传说的宣讲和传承；或是进入校园，举办以黄大仙传说为主题的比赛，以便让更多的孩子了解黄大仙传说；还可以采取更有成效的方法搜集和保护黄大仙传说，并通过影视剧、说唱、动漫等形式进行艺术再创造，以增加它的影响范围和影响力度等。在具体的保护与传承过程中，我们主要在以下几个方面加以努力。

（1）全面深入地开展普查工作。黄大仙传说已经濒危，全面深入地普查可以使我们对黄大仙传说的内容、传承人和传承方式等有一个全面的了解，在普查的基础上进行整理、分类、归档、保存，使黄大仙传说得到真实、全面、科学而又系统的记录。建立国家级非物质文化遗产黄大仙传说保护工作办公室，其成员由金华市非物质文化遗产保护领导小组成员、双龙风景区管委会有关领导和其他相关成员组成，设在双龙风景区管委会，负责和协调具体的保护工作。

（2）充分发挥金华黄大仙文化研究会的作用。在目前的基础上吸收更多各方面的人才进入黄大仙文化研究会，开展黄大仙传说文化的研究，并使研究会真正成为黄大仙传说保护的智囊机构。黄大仙文化研究会具有联系广泛、各类人才汇聚的特点，通过相关专题的研讨，可使我们更深刻地理解黄大仙传说的文化内涵，从而为传承和弘扬黄大仙传说服务。

（3）通过各种形式推广和宣传黄大仙传说。宣传是一种最好的保护。为了让更多的人了解黄大仙传说，可以通过广播、电视、平面媒体、网络等传统和现代传媒对黄大仙传说进行宣传，其中电影、电视等将成为最重要的形式。目前根据黄大仙传说改编的电视连续剧已经拍摄完毕，即将上演，这必定会为黄大仙传说的宣传推广起到巨大的推动作用。

（4）培养和发展传讲队伍。黄大仙传说目前面临的最大难题就是传承过程中参与者越来越少，能讲黄大仙传说的传承人大都年事已高，因此，建立、培养和发展黄大仙传说的传讲队，在小学生当

在黄大仙祖宫内举办的祖庭祭祀大典

中开展"讲黄大仙传说弘扬地方文化"之类的比赛，显得非常重要。通过有组织的培训，使黄大仙传说的传承后继有人，从而在活态上保护黄大仙传说。传讲队伍主要由黄大仙传说的讲述人、热心于黄大仙传说的相关人士和通过比赛选拔的中小学生组成，定期进行培训和宣讲活动。

（5）做好黄大仙传说人文与自然景观的保护工作。根据传说圈理论，传说总是依附于一些特别的纪念物，包括庙宇、古建筑、树木、自然景观等而存在，保护好与黄大仙传说相关的这些纪念物和景观，将为黄大仙传说的存活提供最有说服力的证据，从而使黄大仙传说的艺术真实性得到保证。建立以双龙风景区管委会为主的保护发展基金会，筹措黄大仙传说的保护基金。

（6）建立黄大仙传说的生态保护区。将双龙风景区及其延伸范围的兰溪等地作为黄大仙传说生态保护区进行保护，统一协调规划，实行原生态的文化保护。

3. 黄大仙传说的保护成果。

文化工作者经过多年努力，已经取得了可喜的成就。首先表现在黄大仙传说的搜集整理和编选出版工作上。从1984年三套"集成"的普查开始，有关黄大仙的传说故事便在搜集整理之列，并陆续在《金华日报》、《婺星》等报刊发表。从1988年始到2006年止，出版了有关黄大仙传说的《婺星》"黄大仙传说专辑"、《黄大仙传奇》、《中国仙话》（黄大仙传说十九则）、《丹溪风情》、《赤松黄大仙》、《金华山民间传说选》及三套"集成"中的《金华县故事卷》、《金华市故事卷》等。

其次，为进一步弘扬传统文化，金华当地政府还组织编排婺剧《黄大仙传奇》和电视连续剧《赤松山魂》，对黄大仙传说进行艺术传播，取得了良好的社会效益。同时，这也是黄大仙传说的艺术再创作所取得的成功，它对黄大仙传说的传承和进一步扩大影响起到了很好的作用。提起金华著名的旅游景点时，除了双龙洞外，便是与黄大仙传说密切相关的黄大仙祖宫、赤松宫和金华观。近年来，通过几次重建和重修，使黄大仙的传说拥有真实可信的依托地，同时也恢复了人们对黄大仙传说的认同感。1996年还趁黄大仙祖宫落成之际举办了黄大仙诞辰一千六百六十八年祭典，加强了与港澳地区黄大仙信仰群体的联系。

与此同时，在科研上也取得了丰硕的成果。在多方共同努力下，金华黄大仙文化研究会于2005年10月31日正式成立，会长由时任金华市政协副主席陈玄亮担任，目前有会员一百三十多人，承担着有关黄大仙传说及其他文化的搜集、整理、研究、交流和保护工作，研究会还出版了《黄大仙文化》内刊三期。

最后，为了进一步提高黄大仙文化的学术影响力，金华相关部门还组织召开了一届黄大仙文化国际学术研讨会和两届黄大仙文化研讨会，加强了与国内外学术界的交流，为黄大仙传说的保护和传承献计献策，产生了积极的影响。

目前来看，黄大仙传说在学术界的整体影响力还是非常有限的，即使在民间文学界，也不是人尽皆知。为了提升黄大仙传说的影响，必须组织以黄大仙传说为主题的学术研讨活动，在学术界提升其影响力，让更多的专家学者参与到黄大仙传说的研究中来。同时，还可以邀请曾参与世界文化遗产申报的专家出席学术会议，使他们能亲身感受黄大仙传说的神奇魅力。

[贰]黄大仙传说的发展空间

由于黄大仙传说与黄大仙信仰紧密结合在一起，人们以信仰为依托，对黄大仙心生崇拜，此情又使黄大仙传说成为人们坚定信仰的重要解释依据，两者相互依存，从而产生良性互动。

黄大仙传说的影响跨越了一个地区，而成为多个地区民众信仰的坚实基石。目前来看，以我国香港为主，在广州等地及世界上的不少国家，如东南亚国家、美国、加拿大、法国、澳大利亚等，都有黄大仙的信众和分祠，它们在传播黄大仙传说方面的作用极大。因此，黄大仙传说已经跨越了一个区域，而成为多地、多国、多种文化集散的重要载体，这种认同感对于相应文化的发展和和谐社会的建设是非常有意义和价值的。

黄大仙传说中那种惩恶扬善、助人为乐、为民造福的精神，不仅为中华民族所提倡，也符合世界优秀文化的条件。民众不仅认同传说与黄大仙信仰，并对支持黄大仙传说作为国家级非物质文化遗产名录中的一项进行世界文化遗产申报形成一定的共识。这既是一种民间基础，也是民心基础。正是民众对黄大仙传说的情感认同，才能使该传说历经千年依然存活于民众的生活之中。

政府的引导和介入，使得黄大仙传说的保护工作更加顺利地开展。从过去的情形来看，政府在黄大仙传说申报非物质文化遗产名录和黄大仙作为一种文化资源的保护和研究等方面，都保持积极的态度。引导民众认识黄大仙传说的重要性，并在具体的宣传和资源的合理利用方面进行有效的介入，这就为今后黄大仙传说申报世界

各界人士参与祖庭祭祀

遗产名录打下了上下一心共同保护文化传统的基础，在黄大仙传说的保护、研究和合理利用等方面发挥作用。另外，黄大仙传说的悠久历史和深远影响也是黄大仙传说进一步申遗的必要条件，它为我们今后相关工作的顺利开展提供了保证。

　　总之，我们需要通过一系列的措施来推动黄大仙传说保护工作不断向前发展，这当中政府的介入、新闻媒体的参与等都是非常重要的。只有通过我们不懈的努力，才能让黄大仙传说走出国门，影响世界，成为人类共同的文化遗产。

责任编辑：唐念慈

装帧设计：任惠安

责任校对：朱晓波

责任印制：朱圣学

装帧顾问：张　望

图书在版编目（ＣＩＰ）数据

黄大仙传说 / 邱瑜等编著. — 杭州：浙江摄影出
版社，2014.1（2023.1重印）
（浙江省非物质文化遗产代表作丛书 / 金兴盛主编）
ISBN 978−7−5514−0510−2

Ⅰ.①黄… Ⅱ.①邱… Ⅲ.①民间故事—作品集—金
华市 Ⅳ.①I277.3

中国版本图书馆CIP数据核字（2013）第281408号

黄大仙传说

邱　瑜　孙希如　韩小娟　马晓荣　编著

全国百佳图书出版单位
浙江摄影出版社出版发行
　　　地址：杭州市体育场路347号
　　　邮编：310006
　　　网址：www.photo.zjcb.com
经销：全国新华书店
制版：浙江新华图文制作有限公司
印刷：廊坊市印艺阁数字科技有限公司
开本：960mm×1270mm　　1/32
印张：5.5
2014年1月第1版　　2023年1月第2次印刷
ISBN 978−7−5514−0510−2
定价：44.00元